奴隷市場
rúf 原作
菅沼恭司 著
由良 原画
PARADIGM NOVELS 113

登場人物

ビアンカ　銀色の髪に紅い瞳の可憐な少女。精神的ショックから、幼児的な言動をする。

キャシアス　陸軍参謀。敵国アイマール帝国へ、使節団の一員として使わされた。

ミア　黒髪に蜜色の肌がエキゾチックな少女。幼い頃に、暗殺者として鍛えられた。

セシリア　亜麻色の髪の気丈な女性。田舎貴族の娘だったが、両親に金で売られた。

ジャラルディ　アイマール帝国神皇帝親衛隊の一人。仮面の下は、整った顔立ちの青年。

ファルコ　キャシアスの旧友で、遠縁の親戚でもある。アイマール帝国で暮らしている。

ビアンカ

セシリア

目次

私は——キャシアス・ジレ・パルヴィスは、ロンバルディアはヴェネツィア共和国の貴族として、1595年この世に生を受けた。

家督を継ぐ長兄と宗教界に進んだ弟とは、私は別の道を選び、軍隊に人生を捧げることになった。23歳の時、共和国軍の陸軍参謀の肩書きを得た私は、元老院よりある任務を与えられた。それは、極めて重大な任務だった。

東方の異教徒、アイマール帝国。我が祖国ヴェネツィアだけでなく、ロンバルディアを、果ては西欧のキリスト教徒全《すべ》てを脅かす異教の大帝国——。

その首都、帝都コンスタンティノヴァールに、私はヴェネツィア全権大使の随員として派遣された。それは、1618年のこと————。

その年は、全ての交渉が決裂し、後世にいう「東方七年戦争」の始まった年だった。

……今でも、私は——あの時のことを、全て、一瞬前のことのように思い出せる……。

帝都での、短い、そして忘れがたい日々と——あの少女たちのことを————。

プロローグ

――1618年　アイマール帝国　帝都コンスタンティノヴァール

帝都コンスタンティノヴァールに、私を乗せたガレー船『アヴェルラ』が投錨《とうびょう》した。

初めての異郷の地――そこに、何かの舞台のように広がる、壮麗な都の威容に目と魂を奪われていた私は、ガラタ地区と呼ばれる西欧人の住む市街の港に降り立った。

私はそこで、思いがけず、数年来の旧友の出迎えを受けることになった。


「大使館に着任の報告をするまで、まだ時間があるだろう？　だったら――少し、付き合ってもらうよ」

「……えっ？　どこか、行くのかい？」

「ああ。この都で、もっともこの都らしい場所に――全《すべ》てが有るが、全てを無くす、この帝都で最高に気高く、そして穢《けが》らわしい王宮に君を案内しようと思ってね」

「？　なんだい、それは……？　待ってくれよ、ファルコ――」

「後悔はさせないよ。それとも君は、久し振りに再会した親友に、何もさせないつもりなのかい？」

ファルコは、迷い子のように落ち着かない私を連れて渡し舟を拾う。そして私とファルコは、帝都の市街地へ――壮麗な宮殿や寺院が輝きを放つ、その足元にわだかまった汚穢《おわい》のようにも見える、乱雑な市街へと私を連れて行った。

何か透明感のある、目をさすような強い陽差しの下――。

プロローグ

遺跡のような石組みの壁と、巨大な、開いたままの青銅の大門。そこから吐きだされ、また飲み込まれる濁流のような人々の群れ、そして荷を崩れそうなほどに積んだ車や駄獣の果てることのないような列……、ここからでも垣間《かいまみ》見える、この世の全てをそこに集めたような、様々な商品の山、そして、山。溢《あふ》れつづける喧騒《けんそう》——そこは……。

私は興奮を隠せず、先を歩くファルコに尋ねた。

「……もしかしたら、ここが——あの噂《うわさ》に聞く帝都の大バザールかい？」

「ああ。この門のような出入り口が20以上、中の通路は60本近く——奥には3000軒もの店舗がひしめき合っている世界最大の市場だよ。

ここで売っていないものは、二つだけさ——」

「売っていないもの？」

「そう——香辛料は、この大バザールでは売っていない。それは我々、ヴェネツィアが独占した別のバザールで専門的に商われて、共和国を潤してくれている」

「じゃあ、もうひとつは？」

何か、幼い学年の生徒のように質問だけを繰り返す私に、ファルコは愉快そうな笑みと、真っ白な歯を見せて——言った。

「そこに、君を案内するのさ。もうひとつの、商品の市場にね——」

てっきり、大バザールの中に案内されると思っていた私は、ファルコに連れられて大バザールの門の前を通りすぎた。困惑しつつも、ただ、親友の後をついて歩いていた私の目に、遠くの壮麗な宮殿の姿が、そして……。

大通りを進むうちに——私は不意に、何か、不安めいた感情に捉《とら》えられていた。

それまで、私たちにつきまとっていた子供たちは——全て、かき消すように姿を消していた。子供たちの喧騒と入れ替わったように、私の鼻腔《びこう》に、何か——悪臭が、それまでの市街地に充満していた、生活臭とも呼べる活気のある臭《にお》いとは違う、別の臭気が——静かに忍び込み、かすかに突き刺し——私を、不安にさせていた。

泥と、湿った石と——錆《さ》びた鉄、そして、あからさまな人間の排泄物《はいせつぶつ》の臭い。そこに身を潜めようとしている、だが間違えようのない、かすかな血の臭いも……。

「ここさ——」

ファルコが足を停めた、そこには——城塞《じょうさい》のような石壁に穿《うが》たれた、大きな門が——私を威圧するようにして、閉ざされていた。

門の前に進んだファルコが、無言でその場に立つと、不意に——何かの魔法でもかかっているかのように、鉄の格子と分厚い木材で組まれた重々しい門が、静かに開いた。音も立てず、滑らかに開いたその門は、かえって、私の不安をつのらせていた。

「入ろう。緊張することは無いさ。別に、君が売られるわけじゃない」

「じゃあ、まさか……　ここが——」

「ああ。奴隷市場さ。最高級というわけにはいかないが——一番、信用のおける場所だよ。一人暮らしでは、何かと不便だろうし、女も犯《や》りたいだろうと思ってね」

「そ、そんな……」

しどろもどろに答えた私の肩に手を置き、ファルコは片方の目を閉じて、笑う。

「この国はいいところだよ。金さえ出せば、何でも手に入る。

細かいことは気にしなくていい。金を出して買った奴隷女なら、犯そうが、孕《はら》まそうが、誰《だれ》も問題にしない。それどころか——責め殺してしまっても、少し罰金を払えば、罪に問われることもないんだからね」

愉快そうな親友のほほ笑みに、私はあっけにとられて、答える言葉を失っていた。

その私たちの前に、いつの間にか——着飾った小姓を引き連れた、小柄な男が立っていた。滑稽《こっけい》なほどに太った身体を、豪華な衣装で包んだその男は、王侯《おうこう》貴族にでもするような丁重な礼を私たちにする。ファルコは、表情ひとつ変えず、その男を一瞥《いちべつ》して言った。

「この奴隷市のあるじ、パイトーンだ。見かけはこんなだが、まあ、信用できる」

奴隷商は、毒のあるファルコの物言いにも腹を立てた様子もなく——流暢《りゅうちょう》なイタリア語で話し出した。

「これはこれは……ヴェネチアの高潔な貴族の方々に、私どもの下賤《げせん》の商いを御用立ていただけるとは、身に余る光栄でございます——」

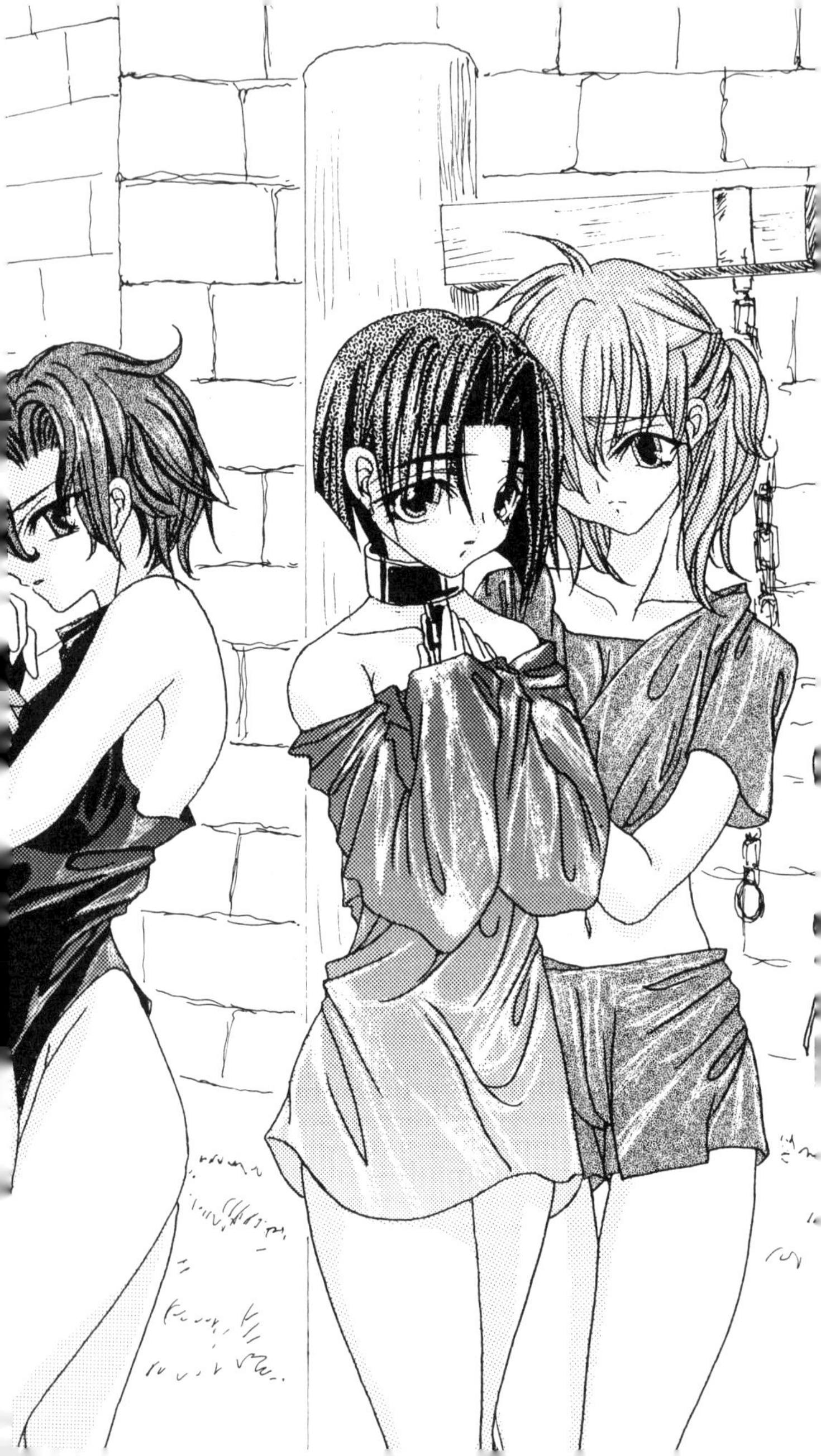

パイトーンがお世辞ともつかない言葉を並べている間に――。

私たちの目の前に、豪華な絨毯《じゅうたん》が泥で汚れるのもかまわず広げられ、そこに細工物のように美しい二脚の椅子《いす》と小卓が置かれる。

「パイトーン、こちらの騎士は、私の大事な親友だ。解《わか》っているとは思うが――もし私の友人に、性根腐れや病気持ちなんぞ売りつけたら……」

「ほっほっほ。滅相もございません。そのような。灼熱《しゃくねつ》地獄に落されてしまいます……」

「貴様の、値段を釣り上げようとする売り口上は聞き飽きたからな。性悪の貴様のことだ。大臣どものご機嫌とり用に処女を隠してあるだろう？　そいつらを……」

ファルコと、奴隷商が、私にはわからない符牒《ふちょう》めいた言葉を交えて、商談を進めていた。それが、どうやら――私が買うことになる女奴隷のことだと、ようやく私が気づいた時、

「さて、お披露目のようだ。気に入ったのがいたら、値切ってやるから言ってくれ――

――」

ファルコの言葉に、ぎょっとして私が目をあげると、そこには――屈強な黒人の奴隷に引きたてられた、ひどくか弱く見えてしまう少女たちの姿が、あった。

肌も髪も汚れたままの少女たち――わずかなぼろ布と、重そうな鎖だけを身にまとった美しい少女たちが、言葉を失った私の前で――絶望におびえ、立ち尽くしていた。

ビアンカの章

――１６１７年　ルーマニア辺境

――奴隷市場の泥に塗《まみ》れた中庭で、私の前に引きたてられてきたのは……。

　ぼろ布と鎖だけをまとい、肌も髪もこびり付いた汚穢《おわい》に汚された――それでいて、輝きのような美しさと可憐《かれん》さを隠せないでいる、目の覚めるような美しい少女たちだった。

「……泥の中に落した宝石、ってところかな――」

　緊張と困惑、そして興奮ではり付きかけた舌を無理やり動かして、私は虚勢を張って隣に座るファルコに言ってみたが――その言葉は、自分でも嫌になるほど震えていた。

「ははっ。汚れが気になるかい？　大丈夫。買い取ったら、ちゃんと、完全に洗い清められてから、ヴィナスもかくやというほど飾られてから届けられるからね」

　鼻で笑うような声で、愉快そうに説明したファルコは、小姓が捧げる宝石のようなグラスを受けとり、その中身の強い香りのぶどう酒で唇を濡らす。私もそれにつられたように、絨毯《じゅうたん》に落しても割れてしまいそうなグラスを取って、器を満たした血のような濃い色の酒を一気に、あおる。何かの薬草が漬けられていたそのぶどう酒は、なぜか、氷のように冷えているのに、私の胃をかっと熱く、そして頭をぼうっと眩《くら》ませた。

「気に入ったのはいたかい？　なんだったら、やつの売り口上でも聞いてみるかい？」

「あ、ああ……」

　惚《ほう》けたように答えた私は、不意に――。

私の前に引き出された三人の少女、そのひとりに目を向けたとたん——その少女の瞳《ひとみ》に、魂を奪われてしまったように——私はその少女から、目が離せなくなっていた。

「——あの子は………」

今まで私は、そんな髪と、そして瞳を見たことがなかった。

銀色の髪の、少女——小柄な身体をすくませ、乳色の美しい肌をわずかなぼろ布で隠した少女に、私は目を向けたとたん——何か、取り憑《つ》かれたように、その少女から目が離せなくなってしまっていた。白い花の、開きかけの蕾《つぼみ》のようなその少女は、怯《おび》えた瞳を私に向けていた。

陽光の下で見た紅玉のような、大きな紅《あか》い瞳が私を見つめ——————。

白昼夢に囚《とら》われていたような私の耳元に、ファルコが愉快そうに何か、言っていた。

「……君は、いい趣味をしている。一番いいやつに目をつけたね。あの銀の髪の娘は——トラキアあたりで狩られた娘だろう、パイトーン？」

「……さすがカラブリア様、おっしゃる通りでございます。この娘は、ルーマニアのほうからわざわざ連れてこられました者でして、おそらくは、彼《か》の地のどこか、高貴な血を引く貴族の娘ではないかと……」

「……この古狐《ふるぎつね》め。そんな貴族の姫が、人狩りにほいほい狩られたりするものか。しかし
――あながち、与太では無いかもな。姫君かどうかはともかく、高貴な血を引いている娘、
というのは賛成だね。……――なあ、キャシアス？」
「あ、ああ……？」
何か魅入られたようになっていた私は、ハッとして、慌ててファルコに返事をした。
「そ、そうだね。銀の髪に、紅い瞳っていうのはめずらしい、な……」
「ああ。たしか――ルーマニアだったたか、あの辺りの土地の古い家系には………」

私の隣で――ファルコの愉快そうな声が聞こえていた。
だが、私は――あの銀の髪の少女の瞳を見つめ――それ以外は、何も感じていなかった。

「君、は…………」
私は、声にならなかった声で、その少女を呼び、そして――。

この、薬草の入ったぶどう酒のせいだろうか……？
私は何か、既視感のような、幻覚を見たような感覚に襲われていた――。

＊

遠雷のような轟《とどろ》きが、遠く、夕闇《ゆうやみ》に染まりかけた荒野を――駆ける。

それは、一群の騎馬の馬蹄《ばてい》がかき鳴らす、戦場の鼓動だった。

連なる稜線《りょうせん》を越え、暗雲じみた暗い森を抜け、荒廃した街道を疾走して、軍馬の一団は馬蹄が大地を砕く音だけを放ち、もうもうと埃《ほこり》を巻き上げて――疾《はし》る。

その数は十騎に満たなかったが、彼らの威容は、その正体を知らない者さえも竦《すく》ませるほどの強烈さを放っていた。

騎兵の操る俊敏な軍馬とは違う、どこか野獣めいた重量感をもつ大型の軍馬たちは、その全騎が、漆黒《しっこく》の鋼板と鎖で装甲され――その重量を物ともしない馬蹄と蹄鉄が、時折、地表の石英を砕いて火花を散らす。

身を刺すような寒風の中に、軍馬たちは真っ白な息を竜炎《ブレス》のように激しく吐き散らしていた。その騎手たちの姿と同じく、純白の残像が――疾る。

死装束を思わせる純白の軍服と、鎧《よろい》。

同じく、白く飾られた頭飾りと、そして――のっぺりとした不気味な仮面。

騎手たちは、一様に不気味な白の軍装に身を包み、さらに、背中には鳥の翼をあしらった一組の羽根飾りを――やはり純白の飾りを、皆が一様に装備していた。

彼らは、アイマール帝国の誇る神皇帝親衛隊——その精鋭である龍騎兵の一群だった。

ルーマニア東部辺境、バスティア公領へと向かう街道を疾走する龍騎兵隊の一群は、軍旗を持たずに行動しているところから、斥候か先遣部隊だと察せられた。騎兵とは異なり、乗馬重装歩兵とも言うべき彼ら龍騎兵は、最前線に向かうような重装備で街道を疾走していた。ほぼ全員が肩に長銃を担い、弾薬帯を着け——ある者は矛槍《ほこやり》をかまえ、ある者は投げ槍を持ち、その恐ろしげな姿をさらに凄《すさ》まじいものにさせていた。

だが——キリスト教徒にとっての悪夢、彼ら親衛隊の一群の中で、さらに異彩を放っている巨大な影が、ひとつ、あった。

ほかの隊員よりは、頭ひとつかふたつほど優に背の高いその男は、魔人像のように屈強な体躯《たいく》を純白の装備で包み、そして指揮官の証である、死者を思わせる無表情な仮面を着けていた。

龍騎兵の一群が、打ち捨てられた旧道への辻に差しかかった時だった。北の方角の荒地から——昔は、畑だったのだろう——漠々と埃っぽい痩《や》せ土を巻き上げながら、三騎からなる別の龍騎兵の一群がだく足で進んできた。

龍騎兵の指揮官が、無言のまま手をあげると、騎手たちは一糸乱れぬ手綱さばきで軍馬たちの脚を停めさせた。汗まみれで息を切らせた馬たちは、怪物のような形相でいななき、苛立《いらだ》たしそうに蹄《ひづめ》で地面をかき散らす。

合流してきた三騎の龍騎兵の一人が、どかっと鞍《くら》から飛び降りた。馬上の指揮官へと駆け寄った兵士は、さっと、両の拳《こぶし》を擦《こす》りつけるような敬礼を上官へと送る。

馬上の、死神のような仮面の指揮官が——外見に似合わぬ静かな口調で言った。

「——なにか、あったか？」

仮面の下から響く声に、兵士は物差しのようにびしっと直立する。

「はっ。敵、が……」

報告していた兵士は、弾帯に紐《ひも》で下げてあった、三つの深皿のようなものを巨躯の指揮官へと差し出した。それはどれも、べったりと血糊と髪がこびり付いた騎兵兜《かぶと》だった。

「キリスト者の——ウィーン軍の、斥候です。捕らえて、指を切ったら、吐きました」

「そうか」

完全に感情というものが欠落したような応答が済むと、指揮官——百龍長の背後で、副官である若い男の声が、忌々しそうに仮面の中で吐き捨てられた。

「異教徒どもが……！　やはりこの地の叛乱《はんらん》を煽動《せんどう》したのは奴らのようです、百龍長殿」

だが百龍長は何も答えず、ウィーン・オーストリア軍の偵察隊を殲滅《せんめつ》してきたばかりの部下から、背後の副長に向かって命令を下す。

「副長。君の部下を、本隊に向かわせろ——伝令を頼みたい」

「は、はい！　――ドロッテン、ゼロテ。貴様らだ」

副官に呼ばれた龍騎兵たちが、馬上で装具を鳴り響かせ、敬礼する。その二騎の部下に、百龍長は静かな、だが毅然《きぜん》とした声で命令を下した。

「本隊はこの場所まで進軍ののち、設営させる。必ず、防御陣を組んでから天幕を張らせろ。食事はさせてもいいが――私が戻るまで、装備は解かせるな。酒も配ってはならん。特に……　民兵たちからは目を離すな」

「ハッ」

命令を復唱し、龍騎兵たちが街道を疾駆してゆくと――指揮官の前に残された偵察隊の銃長が、何か不安そうに、ごくりと喉《のど》を鳴らした。

その彼の前で――。

「楽にしていい。小休止する――銃長、偵察、ご苦労だった」

巨躯の男は――百龍長、ジャラルディは仮面を外し、目の孔《あな》だけがぽっかり開いたその仮面を頭部装甲に固定する。普段は仮面を外すことを禁止されている親衛隊にとって、これは、半ば無礼講に近い、個人的な話をしたいという合図だった。

ジャラルディの仮面の下から、西欧でもほとんど見かけることのない、完璧《かんぺき》な金髪と碧《へき》眼《がん》が、そして――恐ろしい外見とは全く似つかわしくない、物静かで、端整な顔が現れた。

彼の前に立つ部下たちも、それにつられたように仮面を外し、ゆっくり疲れた息を吐く。

龍騎兵たちの間を、大きな水筒が一巡する。埃と寒さで痛む喉を、男たちが潤し終わるのを見はからって、ジャラルディが銃長たち偵察隊へと声をかける。

「街道に、敵影は？」

指揮官の声に、偵察の兵士たちは小さく首を振った。

「ありませんでした。自分たちが始末した斥候も、三日分の糧秣《りょうまつ》と酒を持っていました」

「……まだ敵軍は国境あたりか——バスティア公の城館は？」

「は、はい……」

百龍長、ジャラルディの問いに、銃長たちの顔と、そして声が曇った。

「やはり……　すでに、陥落していたようです。望遠鏡で見たところ、焼け落ち、廃虚のようになっていました——」

「そうか……」

百龍長ジャラルディは、少しのあいだ考える——。

彼ら——アイマール帝国の親衛隊員、ヨーロッパ軍団所属の龍騎兵部隊は、帝国の属領であるルーマニア北部、バスティア公領に先発隊として派遣されていた。

バスティアでの叛乱発生——その急使が帝都に着いてすぐ、帝国宮廷は即座に、鎮圧部隊の派遣を決定した。ルーマニアは広大な帝国の属領の中でも、特に重要な拠点の一つだった。忌まわしきキリスト教徒の都、ウィーンを包囲するためには、マケドニアの狭隘地とルーマニアは、軍の進撃路、補給路としても重要な拠点の一つだった。

しかも——すでに不可避となっていた西欧、特にヴェネツィア共和国との戦争に備え、バルカン西部に展開しつつある帝国軍にとってルーマニアでの叛乱は、まさしく、背後の短剣以外の何物でもなかった。

神皇帝の勅命を受け、バスティア領を統治していたバスティア公クリストスは、アイマールの真教徒に改宗こそしていなかったが、数十年に渡り、帝国に忠誠を誓ってきていた。恐らく今度の叛乱は、帝国軍の背後を攪乱《かくらん》するための西欧側の陰謀——オーストリアの息のかかった現地の民衆が蜂起し、バスティア公を倒したのだと推測されていた。

帝国のルーマニア派遣軍への、そしてジャラルディたち親衛隊龍騎兵たちへの命令は、しごく簡潔なものだった。

それは——叛乱を起こした地の人間を、一人残らず皆殺しにせよ——それだけだった。

ジャラルディは傾きかけの太陽をちら、と見——そして部下に命じた。

「騎乗しろ——日没までに、バスティア公の城まで偵察にゆく。戦闘準備。銃に装填《そうてん》、いつでも応戦できるようにするんだ」

その言葉に、ざわ、と部下たちの間に寒風が吹き抜けたような動揺が走ったが——ジャラルディはそれを無視して、再び彫刻のような相貌を仮面で隠した。部下たちもそれに続き、鐙《あぶみ》に足をかけ――軍馬たちが、疾駆の予感にいななきと、白い息をまき散らす。

龍騎兵たちが、こっそりと、ジャラルディに見えないように魔除《まよ》けの指を組んだり、小さな声で十二天使に加護を祈ったりしていた。それでも――戦場慣れした彼らは、何かの舞踊のような手さばきで長銃に火薬と弾丸を込め、歯輪式発火装置のバネを巻き上げる。

ジャラルディは、鞍の両側に差さったピストルの具合を確かめるふりをしながら――。

「デイヴァッド――」

隣に居る副官以外に聞こえぬよう、注意して低く、言った。

「はっ。何か――?」

上官の意を察したデイヴァッドが、自分も仮面を着け――馬を、ジャラルディのすぐ脇《わき》へと歩ませ、声をひそめた。その彼に、ジャラルディが目だけを動かし、たずねる。

「気づいていたか? ――兵たちが、動揺している」

「……はい。やはり――あの迷信、のせいではないか、と……」

「――『怪物《ヴァンピール》』か。ルーマニアの人喰い、の」

ジャラルディの声に、デイヴァッドも冷水を浴びたように、身を縮ませた。

「ええ。吸血鬼《カルガラ》、とも呼ぶようですが――」

「……人を喰らうという、その血と肉と、魂すらも喰うという、あれか」

「はい——我々は、死は全く怖《おそ》れませんが……　あの怪物に魂を喰われた者は、その怪物の下僕になって、永久に、汚れたまま救われぬと聞いています……　だから兵たちは——天使の加護を失うのが怖くて、怪物を怖れるのです……」

平静をよそおうとしてはいるが——ディヴァッドも、心底、怖れているようだった。

「……そうか——しかし、迷信だ」

ジャラルディが、こういう時にはすがりつきたくなるような、力強く静かな声で言った。

「この、地球が丸いと解《わか》った時代に——『怪物』など」

「……自分も、そう思うのですが——しかし……　私の聞いた話ですと、バスティア公は、その——」

「——『怪物』の血を引いている、という例のうわさか？」

「……はい。民衆の怨恨が産んだ妄想だとは、思うのですが——」

「もう百年以上も前の、あのヴラド公と、バスティア公は違う。ヴラド公はもう伝説だ。あの狂人は、敵味方かまわず串刺《くしざ》しにして焼き殺したが——バスティア公は、非常に温厚な忠臣だったと聞く。その老公が、人を喰ったりするものか」

「はい、しかし……」

——言葉を濁らせたディヴァッドの言葉を、力強い、軍馬のいななきが封じた。

乗馬の手綱を引き絞り、鐙を踏んで——ジャラルディが言った。

「もういい――怖れるのはかまわんが、兵の前では毅然としろ。恐怖は、伝染《うつ》るぞ」

それだけ言ったジャラルディは、上官の軍馬のいななきに顔を上げた部下たちに命じた。

「――龍騎兵、前へ!!」

その銃声のような声に、龍騎兵の一群は、がちゃがちゃと金属の噛《か》み合おう騒音を立て、動き出す。その音はすぐに蹄鉄が荒れた街道を踏みにじる、馬蹄の轟きに飲み込まれた。

「叛徒の蝟集《いしゅう》、あるいは待ち伏せとの遭遇に備えろ！　十二天使に栄光あれ！」

ジャラルディの一喝するような命令に、部下たちは一時、恐怖を忘れ――、

「Ｕｒ――ＡＡＡＡＡ……!!」

形容しがたい、獣のような喚声で龍騎兵たちは吼《ほ》え――そして機械のように沈黙した。

まさしく、殺戮《さつりく》機械と化して疾駆する騎馬の群れの中――。


デイヴァッド副長は、小さく首を振った――確かに、ただの迷信かもしれない。

――『怪物』なんて、この世にはいないのかもしれない。

たしかに――。

彼の前を行く、尊敬してやまない歴戦の勇士である百龍長を見ていると、『怪物』の伝説に恐怖している自分が、馬鹿《ばか》馬鹿しくも思えてくる。デイヴァッドはそう思い……。

だが――。

しかし――ここは、まだ『闇』が支配する辺境だった。

＊

あと一刻もしないうちに、赤く染まり出した陽は西に広がる森に没するはずだった。

その、弱々しい陽光の下でも――。

バスティア公の城館は、無残な荒廃がはっきりと見て取れた。

急峻《きゅうしゅん》な山肌と、そこを貫くように流れる急流を背にした旧《ふる》いその城館は、石組みの城壁に囲まれた中庭の奥に建てられていた。あきらかに中世に建てられたものらしく、大砲と火薬が発明される以前の戦術と思想が、この城の立地と構造からはっきりと解る。

だが――、

「……完全に火が回ったようだな。みな、焼け落ちている」

望遠鏡を仮面から離し、ジャラルディが低く、言った。

バスティア公の城館――だった――今は廃虚と化した城を取り巻く、どす黒く感じるほどに深く、暗い森に龍騎兵たちは潜んでいた。下馬し、武器を構えた兵士たちは、ただ百龍長の言葉と命令だけを待ち――深い井戸か奈落の底をのぞき込んでしまった時のような目を、廃虚と化した城館に向けていた。

望遠鏡を副官に返したジャラルディが――、

「銃長。三人連れて、ここに残れ」

銃長とほぼ半数の部下に、騎馬の見張りに残るように命じた。残るように命じられた者も、それ以外の者も、さっと緊張をみなぎらせる。

「残りは、私についてこい――」

ジャラルディが藪《やぶ》を踏み分け、巨象のように歩を進めると、副官のデイヴァッドもそれに続き――腰に帯びた軍刀を抜き放ち、部下たちを叱咤《しった》する。

「続け……！　十二天使の御加護ある者は『怪物』など怖れないはずだ！」

その言葉に、全員が敬虔《けいけん》なアイマールの真教徒である龍騎兵たちは、恐怖と畏怖《いふ》を、そして屈辱にも似た感情を覚え――ある者は軍刀を抜きはなち、ある者は長銃を構える。

巨人のように揺るぎなく進むジャラルディの前、そして両脇に、『怪物』への恐怖を怒りにすり替えた若者たちが進み出て、自分の体を楯《たて》にして指揮官を守り、進んだ。

その一団が、城館まであと数十歩の距離に近づいた時だった――。

炎が舐《な》めていった痕《あと》がどす黒く残る館と、城壁から、淀《よど》んだ空気に乗って、漂う悪臭が龍騎兵たちの鼻と目を刺した。そして、あの忌々しい黒鳥《こくう》どもの歓喜の鳴き声が、次第に、大きくなってきた。

ざりっ、と――先頭を進んでいたデイヴァッドの軍靴が、消し炭を踏みにじった。

その時――。

「うわあああっ！」

突風が耳を打つような、けたたましい音が爆発し――龍騎兵たちの目の前から、真っ黒な塊が、魔神のように脹れ上がり、その魂を凍らせるような叫びが充満する。

「――くっ！」

龍騎兵の一人が、長銃を天空に、その黒い渦へと向ける。だがその銃身と腕は、あわてて飛びついたデイヴァッドに押し下げられた。

「ばか、やめないか！　――ただの、烏《からす》だ！」

あざわらうかのような、不機嫌な黒鳥たちのわめき声に――銃を取った者も、ただ唖然《あぜん》としていた者も――はっと我に返って、忌々しそうに呪《のろ》いの言葉を吐いた。

天空を埋めつくすような黒鳥の乱舞を、ぞっとした目で見ていたデイヴァッドが、不意に――ぎょっと身を強《こわ》ばらせ、城門を――門が焼け落ち、腐った虫歯のように黒々とした破孔を見せている城門を指差した。

「百龍長殿、あれを……！」

そこには――。

焼け残った梁《はり》の木材に、何かが――ぼろ切れのようなものが、いくつも、ぶら下がっていた。それらが何なのかは——目をこらすまでもなく、胃が痙攣《けいれん》しそうになる腐臭で全《すべ》てがわかった。それは、十体に及ぶ絞首された屍体《したい》だった。

龍騎兵たちは、屍体には慣れていたが——それでも、伝説に煽《あお》られていた恐怖のせいか、仮面で顔が隠されていてもはっきりとわかるほど血の気を失っていた。

だが、ジャラルディだけは——小さく腕を組んで、死者たちに唯一神の御加護を祈ると——飛び立とうともしないでいる傲慢《ごうまん》な黒鳥どもを蹴《け》散《ち》らすようにして歩き、そして吊《つ》り下げられた屍体の、その足元まで進む。一呼吸遅れて、兵士たちがそのあとに続いた時、ジャラルディの手袋をした手が——何か、小さな金属片を拾い上げた。

「それは……？」

デイヴァッドが、ジャラルディの指先を覗《のぞ》きこむ。それは——ひしゃげ、薄汚れ——そして宝石をこじり取られていたが、紛れもなく帝国の領主に下賜される指輪だった。

「——あれの、どれかがバスティア公だろう」

指揮官の静かな声に——部下たちの胸に、失望と怒りがわき上がった。

「遺体の傷みからすると——叛乱の発生と同時に、公は捕らえられ、殺害されているようだ。やはり……」

ジャラルディの言葉を、デイヴァッドが怒りを抑えきれない声でつなぐ。

「暴徒に対して、籠城《ろうじょう》していないということは……　やはり、城内に裏切り者が——」

「そのようだ。それに——大砲を持たない農民どもが、城を陥落《おと》すにはそれしか手段がないはずだ」

ジャラルディはそう答え、また屍体の群れを見上げるが——彼の口調は、どこか、自分の言葉に明確な矛盾があると言っているようだった。

——おそらくこの城は、バスティア公の身内の裏切りにあい、もろくも陥落させられ、公も命をおとしたのだろう。そしてその穢らわしい裏切り者は、十中八九、キリスト教徒の軍隊と通じており……　アイマール帝国軍を背後から脅かすため、このような非道を働いたのは、ほぼ、間違いないはずだった。

だが、なぜ……。

なぜ——せっかく陥落させたこの城に、敵の、キリスト教徒の軍勢がいないのだ⁉

ジャラルディは、この城はすでに敵軍——恐らくはオーストリア軍によって占拠されているものだと思っていた。もしそうなら、その威力を確認するための偵察行だったのだが……だが、しかし——ここに充満しているのは『死』だけだった。

これほどまでに黒鳥が群れているということは——廃虚は、無人のはずだった。

では——裏切り者はどこにいった？　敵どもは…………　いったい、何をしている？

数呼吸のあいだ、考え込み──そして答えを見つけられなかったジャラルディは、

「──公たちの遺体は、あとで降ろして、埋める。先に城内を調べるぞ」

ジャラルディはそう命じてから、ふと──あることに気がついた。そして、

「……バスティアの老公には──確か、跡取りがいなかったな？」

デイヴァッドはその質問に、即座に答えた。

「はい。老公の没後は、この土地は、直轄領に戻される予定でしたが……？」

「では──あそこに下げられているのは、老公と妃《きさき》、重臣たちか……」

わずかに苦々しい声で、ジャラルディがつぶやく。

「おそらく、重臣たちの誰《だれ》かが、裏切ったものと思われます──しかし……あ……！」

……まさか⁉　──いや……」

口ごもったデイヴァッドを、静かにジャラルディが叱責《しっせき》する。

「なんだ、はっきりと言え」

「い、いえ……　その──申し訳ありません、ただの、うわさなのですが……」

デイヴァッドが弁解した時だった──。

太々しい一羽の黒鳥が、屍体のひとつに鉤爪《かぎづめ》を立てて揺らした。耳ざわりな一声を残して、黒鳥は哀れな屍体の耳をもぎ取り、飛び立ち──その弾みで、腐乱した屍体の腹から、龍騎兵たちの足元に粘質の塊が、べちゃっと気味悪く、落ちる。

「うわっ……!? ――く!!」

目を刺すような腐臭に、兵士たちが後ずさった。彼らの眼《め》は、運悪く――すでに泥のように腐敗した臓物と、その汚穢にまみれた小さな胎児を見分けてしまった。

「……異教徒め……! 残らず灼熱《しゃくねつ》地獄に送ってやる……!!」

龍騎兵たちは、口々に呪詛《じゅそ》をつぶやき、魔除けの形に指を組む。恐怖を、憎悪に変化させる術《すべ》を知っている部下たちへと、ジャラルディは低い声で命じた。

「……二人、松明《たいまつ》に点火しろ。残りは、銃をもて」

そう命じ、自分は――腰に帯びていた巨大な刀を――青銅の大鉈《おおなた》を、それが重さを持たないものかのように、音もなく鞘《さや》から抜き放つ。兵士たちが燧石《ひうちいし》を打ちあわせ、火口《ほくち》に点火するとすぐ、獣脂を沁《し》みこませた松明がばちばちと爆《は》ぜ、野蛮な光芒《こうぼう》を広げた。

橙色《だいだいいろ》の炎に照らし出された、この場にはそぐわないほどの純白の姿が動き出した。

空には――血の色に染まり出した空には、蝿《はえ》のように無数の黒鳥が乱舞し続けていた。

＊

暴徒たちの放った炎は、城館にあったほとんどの可燃物を消し炭と、灰燼《かいじん》にしてしまっていた。灰の中、所々にある黒々とした塊は――それが人間とはわからないほど焼けこげ、ねじくれた屍体だった。ときおり、主を守りきれなかった兜や鎧が、やはり同じように焼けこげて散乱しているのも見えた。

天守も、柱も、今にも全てが崩れ落ちそうになっていた。その石壁のあいだを縫うようにして進む、松明の炎と、白い軍装——彼らは、ときおり立ち止まっては遺体や、遺物を調べ、そしてあきらめたように首を振り、また進む。

「……守備兵も、全員——討たれて、焼かれてしまったようです……」

デイヴァッドの声だけが、むなしく廃虚に吸い込まれる。

すでに陽は——ほとんど、西の稜線に没しかけていた。兵士たちの誰もが、時間とともに怒りがしぼみかけ、代わりに恐怖が再び心を締めつけだしていた。誰もが、この場を一刻も早く後にしたがっていた。

城館の廃虚から出た一行が、解放されたような気分になった時、不意に——。

「……あの、二つの塔は——なんだ?」

立ち止まり、背後を振り返ったジャラルディがデイヴァッドにたずねる。

その塔は——館から少し離れて立つその石組みの塔は、火災と破壊が、別の世界の出来事だったかのように——何か寄り添うようにして、何事もなかったように立っていた。

「……わかりません。物見櫓《ものみやぐら》や、防御塔では無いようですが……?」

白信無さげにデイヴァッドが答えると、ジャラルディは無言のまま——じっと、仮面の下の碧眼を真っ直ぐに塔に注ぎ、そして――。

「最後にあの塔を調べてから、戻る。行くぞ」

ここで野営を命じられるのではないかと不安になっていた兵士たちは、ほっとしてはいたが――全員が何か、あの塔から目をそらしたくなるような不安をも感じていた。

彼らは、新しい松明に火を移し、進む。

火災の熱が焦土にしてしまった中庭を進む兵士たちの前に、二つの塔が、迫り――彼らの目に、塔の基部に穿《うが》たれた、洞窟《どうくつ》のような入り口が映った。

二つの塔は――それぞれ、別の入り口を持ち――そして基部の辺りで、どうやら隣の塔と通路で繋《つな》がれているようだった。ジャラルディィは、左手のほうの塔に進む。

そこに――塔の、扉が失われたような入り口を、兵士が松明を差し込むようにして照らし出す。その途端――、

「……！　うっ……!?」

全員が、我が目を疑った。鉄で補強された、分厚い樫材《かしざい》の扉は――錠と、そして外側からかける鋼鉄の閂《かんぬき》ごと――それが粘土ででもあるかのように破られ、ねじ曲げられていたのだ。兵士の一人が――銃を落しかけるほど震え、うなされたように――呟《つぶや》く。

「……『怪物』――」

その声に、ばらばらっと、破孔の前から兵士たちが後ずさった。

彼ら部下を叱責するでもなく――ジャラルディは部下から松明を受け取ると、その灯を塔の中に突き入れる。

「百龍長殿。これは……　いったい……!?」

「わからない――たしかに、人間の仕業ではないな」

「では……　ここに、『怪物』が……!?」

「かもしれん。怖いのなら、ここで見張っていてくれ」

そう言い残し、ジャラルディは塔の中に進んだ。ほとんど、死への覚悟を固めたデイヴァッドと、長銃を持った兵士がそのあとに続くと――残りの兵士は、入り口を守り、周囲を見張る。

塔の中は――意外なことに、整然と――高価な調度品で飾られていた。

西欧風の家具と、寝台、そして書棚。あきらかに、高い身分の人間が幽閉されていた場所のようだった。しかも――略奪の痕跡《こんせき》は、微塵《みじん》もなかった。

「……老公の、虜囚の部屋か……？」

ジャラルディが、自分に質問するように呟く。確かに、ここには誰かが幽閉されていた痕跡はあったが――人の気配は、屍体も、血痕すらもなかった。

「百龍長殿、これを――」

デイヴァッドが、壁の一画を手で触れながら声をひそめる。松明と、男たちの目がその壁にむけられると、そこは——明らかにそこだけ、あとから煉瓦《れんが》と漆喰《しっくい》で塗り込められ、何かが封じられた空間だった。

「……位置からすると——隣の塔への、通路が塞《ふさ》がれた場所だな」

ジャラルディィの声に、デイヴァッドもうなずく。

「ええ。それと——塔自体は旧い物ですが、この漆喰は、まだ新しいものです……」

それが何を意味するかは、彼らには解らなかった——ジャラルディィは、最後にもう一度、無人の監獄を見渡し、そして部下を連れて外に出る。

そして、もう片方の塔へ——松明の光芒の中、ジャラルディィが低く言った。

「老公が、誰か——捕虜をとっていたという話は聞いたことがあるか？」

「い、いえ……」

デイヴァッドは口ごもったあと——、

「うわさなのですが……　何十年も前——公がまだ若いころのうわさで——公と妃のあいだに双子が産まれて、この地の民衆たちが怖れていたと聞きます」

「怖れる？」

「なんでも……　その双子には、凶相があったと——それを怖れて、公はその双子を殺してしまったと、いう話です」

ふと、ジャラルディィが足を止めた。

「まさか——その双子が『怪物』だった、と？」

その言葉に、兵士たちもびくっと足を止めた。

「実は、その子らは殺される事もなく——この塔に閉じ込められていた、とでもいうのか、君は？　その『怪物』どもが、この暴動で逃げ出したとでも⁉」

「い、いえ——申し訳ありません……」

ジャラルディィは、荒くしてしまった語気をおさめると——再び、歩を進める。

だが——彼の心にも、悪寒のような不安が、ひびを入れ、沁みこんできていた。

迷信が、他愛のないうわさが——この異常な空間と現象の中で、次第に重く、現実味を増していることに——ジャラルディィは気づいてしまっていた。

解らないことが多すぎた。

裏切り者は、誰なのか——。

あの塔には、何者が幽閉され、そして——。

その者は、どこに行ってしまったのか——。

全ての謎《なぞ》が、忌まわしいこの地の『怪物』伝説へと帰結していこうとする、そんな考えをジャラルディィが振り払おうとした時だった。

「……ひ、百龍長殿………」

部下の一人が——足を止め、隠しようもなく声を震わせた。

だがその時には――ジャラルディたちも、気づいていた。

「……!?　……なんだ、これは――」

近づくまで――全く気づかなかった。

もう片方――右手のほうの塔の周囲には、屍体が――しかも、枯れ草のように乾涸《ひから》び、影のように地面にへばりついてしまったような、無数の屍体が地面を埋めつくしていた。

腐臭すらも、していなかった。どれも、毛髪が抜け落ちたその屍体は――服装から、暴動を起こしたこの地の農民たちだと、解ったが――その死に様は、異様過ぎた。

「――何に……　やられたんだ、こいつらは!?」

干した魚か、あるいは、エジプトの墓から見つかるミイラのようだった。

いったい、どんな死が襲いかかったのか――熱のない炎で焙《あぶ》られたらこうなるのだろうか――無数の屍体は、一瞬で、全ての『生』を奪われてしまったように――腐ることもできず、ただ、その異様な骸《むくろ》をさらしていた。その一体をつかんだジャラルディは――気味の悪い軽さに、ぎょっとした。

気づけば――あの貪欲《どんよく》な黒鳥どもも、一羽たりとしてこの屍体には集っていなかった。

「……天使よ……！　護《まも》りたまえ……」

口々に祈りを呟く兵士たちは――完全におびえきっていた。それは、デイヴァッドも例外ではなく――ジャラルディは一人、幻覚に捕らわれてしまったような足取りで――進む。

「……百龍長殿、いけません！」

我に返ったデイヴァッドが、ジャラルディの背中に叫ぶ。だが、巨躯の百龍長は、耳が無いかのように、まっすぐ、塔の入り口へと進む。部下たちは皆、恐怖していたが――だが、あの百龍長に置き去りにされることのほうが、はるかに恐ろしかった。


やはり――もう片方の塔の扉も――鉄と樫材を紙のように引きちぎられ、破られていた。

それは、閉じられているよりもかえって、兵士たちをわずかに安堵《あんど》させた。

「虜囚は、どちらも逃げだしたようだな」

ジャラルディは、入り口の周囲まで地面を埋めつくす屍体に、ちら、と目をやり――そして松明を手に、塔の中に進む。その彼の足が、軍靴ごしに伝わる感触に、ふと止まる。

その部屋は絨毯が――しかも、踝《くるぶし》まで埋まるほどの最高級の絨毯が敷き詰められていた。

こちらの部屋も、やはり高価な西欧の家具と調度が並べられ――そして、格子と板硝子《いたがらす》のはまった窓から、沈む太陽の最後の一条が、細く差し込んでいた。

その陽光を駆逐して、ジャラルディの手にした松明がばちばちと燃え――。

そこにいた、全員の目が――、

「…………!!」

仮面の下で、かっと見開かれた。

「──馬鹿な……」

最初は──大きな、白い花がそこに咲いていると──理由もなく、皆、そう思った。

だが──、

「あ………」

その白い──いや、銀色の──目の醒《さ》めるほど美しい銀色の髪、そして紅玉に生命を通わせたような大きな瞳が、全ての男が夢見るような乳色の肌が──そこに、あった。その小さな唇から、かすかな声を発せられ、虚《うつ》ろな瞳が龍騎兵たちを──見上げる。

「う……　──あ……」

美しい少女だった。銀の髪と、紅玉の瞳──幼子のように、絨毯に身体を埋めるようにして座るその少女の美しさは、男たちを──だが、純粋に恐怖させていた。

ただ、唯一──ジャラルディだけが、際どく意識を保っていた。

「──君、は……？」

ジャラルディが、絞り出すようにして言った言葉に──少女は、少し視線をさ迷わせ、そして見つけた彼の瞳を、じっと見つめる。

その時、ようやく──ジャラルディは、この部屋にあった他のものに気づいていた。

それは──男の──おそらく、青年貴族の屍体、だった。

「………!?」

少女の傍らに、突っ伏す形で――豪華だが、どこか古めかしい服を着た男が、絨毯にその亡骸《なきがら》を埋めていた。その少女のような手は、まだ生きているかのように瑞々《みずみず》しかったが、しかし――首から上は、焼けこげ、乾涸び――骸骨《がいこつ》に腐肉が張り付いたような有り様になってしまっていた。

そして――銀の髪の少女は、蕾のように美しくふくらんだ裸体を、隠そうともせずにいたが、その肌には――引き裂かれたドレスの残骸が、憐《あわ》れみを誘うほどむなしく、へばりついていた。ジャラルディには、見慣れた光景であったが――。

少女は、明らかに乱暴されていた。出血こそしていなかったが――ドレスの残骸が、彼女を襲った許しがたい男たちの暴力を、無言で語っていた。

「――いったい……!?」

全てが――異様だった。

なぜ、この場所に少女が一人、生き残っているのか――頭を焼かれた屍体は何なのか、ジャラルディは卒倒しそうになるほど混乱してしまっていた。

その彼を見つめていた――色を失っていた少女の瞳が、ぴく、と動いた。

「あ……　あ、な……　た――　……あなた…………」

紅をさしたような、可憐な少女の唇も、動き、そして――。

「わ、あ………！　――天使、さま、だあ………　たく、さん………」

鈴の鳴るような少女の声に、屈強な龍騎兵たちは、風に吹かれた草のように、ざわっと後ずさった。ただ、ジャラルディだけがかろうじて踏みとどまり、少女の言葉に、答える。

「――天使……？　……だって？」

「……あは　……天使、さま。白いお羽根の、天使さま……」

子供のような、幼い声だったが――ジャラルディは、はっと、その意味に気づいた。

「……そうか――我々が、羽根飾りを着けているから、か……」

くすくすと、少女は笑みを浮かべ――そして――、

「天使、さま……　ゆるして、ください…………」

ほほ笑んでいた少女の瞳が、その言葉とともに――涙で、曇った。

「……許す？」

出来の悪いオウムのようにたずねたジャラルディに、少女は――涙をこぼし――、

「あたし……　兄さまを、大好きな兄さまを……　殺し、ちゃった………」

「……!!」

その言葉に、ジャラルディが驚愕《きょうがく》する。少女は、幼子のようにぽろぽろと涙をこぼし、そして、清流の魚を思わせるしなやかな腕と、指を、ジャラルディに伸ばした。

「あたし……　こわかった、の……　兄さまが――こわくなったの……天使、さま……

――兄さまを、許して……　あげて………………」

その時だった。

「……う、うわああああああっっっ‼」

デイヴァッドが、怪鳥のような恐怖の絶叫を上げ——松明を放り出し、部下から長銃を奪って——恐慌に血走った目と、その銃口を少女の胸に向けた。

「⁉　やめろっ、何を⁉」

部下たちは、恐怖に動けずにいたが——とっさに、ジャラルディはデイヴァッドに飛び掛かり、その腕と銃口をねじ上げた。

万力のような力に腕を捻られたデイヴァッドが、仮面の下の眼を恐怖と憎悪に見開き、叫んだ。

「そ、そいつは——『怪物』だ‼」

「——なっ⁉　なにを馬鹿な……！」

「聞いた事がある……‼　『怪物』は、銀の髪と紅い目をしている、って！　こいつはバスティア公が産んだ、この塔に閉じ込めた——『怪物』だ……‼」

その絶叫に——他の兵士たちも、仮面の下で恐怖の呻《うめ》きを漏らし——構えた軍刀、そして銃口を少女へと向けた。

「……やめろ、この馬鹿ども‼　銃を下げ……」

その言葉を、デイヴァッドが引き金を引いてしまった長銃の轟音《ごうおん》がかき消した。

狭い部屋を劈《つんざ》いた、耳を聾《ろう》する銃声に男たちが固まる——放たれた銃弾は、天井と石壁で数度、跳弾してから、絨毯に埋まって止まる。

少女の体が、ゆっくり、崩れ落ちた。

その光景に——恐怖と激怒に染まっていた男たちの目が、ぎょっとして凍りつく。

「——銃声で驚いて、気を失ったんだ」

そのジャラルディの声に——我に返ったデイヴァッドが、消え入りそうな声で詫《わ》びた。

「……申し訳ありません、百龍長殿………」

ジャラルディの碧眼が、じろっと副官を見下ろし——その冷たさだけで叱責する。

「——誰か、包帯布を持っているか？　出してくれ」

ジャラルディは、倒れ臥《ふ》した少女に歩み寄り、部下に命じた。デイヴァッドがさし出した、怪我人《けがにん》の身体を包むのに使う、シーツほどある木綿の白布で少女の裸体を覆い、

「戻るぞ——この子は、連れてゆく」

そう言って、ジャラルディは重さが無いものかのように少女を軽々と抱き上げた。

「……!!　し、しかし、百龍長殿！」

全員の不安を、デイヴァッドが代弁して——抗議した。

「——何を怖れている？　この子は——ただの、娘だ。おそらく、公の親類の貴族か誰かの、息女だろう。ここに置いて行くわけにはいかない。それとも——まだ、『怪物』に、

迷信に怯えているのか？」

有無を言わさない、静かで力強い指揮官の言葉に——部下たちは顔を見合わせた。

「この子が『怪物』に見えるのか？　どこに牙《きば》が、鉤爪が、尻尾《しっぽ》がある？」

部下たちが返す言葉を見つけられないでいると——ジャラルディィは、白布で包んだ少女を抱いたまま、出口へと一人、行ってしまう。

龍騎兵たちは、慌ててそのあとを追う。デイヴァッドも、疑惑を振り払い————。

「…………!?」

そんなことが、あるはずもなかった————。

最後に、なぜかこの幽閉室を振り返ってしまったデイヴァッドの目、そして耳は、

「…………ビ————ア……………………」

あの、床に突っ伏していた青年の屍体が、かすかに動いたような——そして、虫のような声で呻いたような気がしてしまい——真っ青になって、その場を離れた

＊

野営地にジャラルディィたちが帰り着いたのは、すで深夜と言っていい時刻だった。

百余名の親衛隊員が、街道沿いの平地に設営したその野営地は、ジャラルディィの命令通り、ほぼ完璧な防御態勢の直中にあった。

周囲を、空の荷車と槍状の木を組み合わせた障害物で囲み――その合間を、三人一組の完全武装の兵士に護らせたその野営地は、厳しい百龍長をひとまずは満足させていた。中央で焚《た》かれた大営火を囲むように、大小の天幕、そして軍馬と駄馬たちの列が並び、非番の兵士たちが、武装も仮面も外して、火で身体を温めていた。

その野営地の外側でも、小さなたき火が、ちらほらと火の粉を飛ばしていた――。

これは、帝国軍が現地で雇った、荷運びや道案内、そして散兵として使われるこの地方出身の民兵たちの囲む火だった。帝国軍が彼らを蔑《さげす》むのはいつものことだが――一ヶ所に宿営を強要された民兵たちの方向に向けられた、野営地の中の軽野砲が、敵と同じくらいに帝国が民兵の叛乱を危惧《きぐ》していることを物語っていた。

武装を解く暇もなく、天幕の中で報告書を――全く同じ内容のものを三通、急いでジャラルディィは書き上げた。上官の比類ない達筆さのおかげで、清書の労からは解放されているデイヴァッドは、受け取った書類を砂で乾かし、封をして金属の連絡筒におさめる。

それらの書類には――バスティィア公の城館を偵察した、その報告が仔細《しさい》にしたためられていたが――そこに、あの少女のことも含め、書かれていないことがいくつかあるのに、デイヴァッドは気づき、そして——黙っていた。

「それを、今夜中に軍団本部へ届けさせろ。単騎では行かせるな。必ず、三騎以上で武装させてから出発させろ」

デイヴァッドは敬礼し、通信筒を持って天幕から出ていった。

ひとり、天幕の中に残ったジャラルディは——。

いや——あの、銀の髪の少女と二人だけになったジャラルディは、ようやく仮面を外し、腰の大鉈も外して——深々と、彼にはめずらしく、疲れを感じさせる息を吐く。

少女は、あれから一度目を覚ましたが——。

何も、覚えていなかった。それは、あの時のことだけではなく——自分のことすらも忘れてしまっているらしい少女は、虚ろな瞳で周囲を見まわし、幼子のように怯えて、ただ——ジャラルディにしがみついたまま、離れようとしなかった。

隊付きの軍医にも彼女を診《み》せたが、とくに少女は怪我をしておらず——あと、彼が心配していた、乱暴された時の傷痕も——未遂だったのか彼女には刻まれていなかった。

兵士たちが食べる肉粥《にくがゆ》に山羊《やぎ》の乳をまぜたものを与えると、少女は意外なほどの食欲を見せて、深皿一杯の粥を平らげ——。

そして——。

「……まるで、赤ん坊だな」

ジャラルディが、厚い毛織りの夜具に包まって眠る少女を見下ろし、呟いた。夜具からのぞく銀色の髪、そして静かに眠るその横顔は——今さらのように、その美しさでジャラルディを困惑させた。

「そういえば……　この子は、何という名前なんだろうな——」

彼が小さく独り言を呟き、少女が横たわる寝台の隅に、ゆっくりと腰を降ろした。彼の重量に、寝台が軋《きし》むと——。

「……ん、む……　む…………」

少女はむずかるように身を縮め、ジャラルディをぎょっとさせたが、すぐに——小さな寝息が、夜具の隙間《すきま》からこぼれ始めた。その吐息に乗ったような——少女の放つ香りが、ジャラルディの嗅覚《きゅうかく》を微《かす》かに、だが、残酷に突き刺した。

(……これは……　まずいな、気が変になる…………)

妻帯どころか、本来は女性と接することも禁止されている彼ら、親衛隊員——実際には、隠れて内縁の女を囲ったりする者がほとんどだったが——教義通り、その教えを守っているジャラルディにとって、この少女の放つ秘めやかな魅力は毒薬のように危険だった。

だが——それが解っていても——彼は、少女の傍らに降ろした腰が、何か石になってしまったかのように動かせないでいた。

あの廃虚で彼女を見つけ、そして助け出した時から——少女の、切なくなるほど軽い身体を抱いて、騎馬を駆っていた時から、ずっと彼の意識の奥底で荒れ狂っていた感情――自分がただの牡《おす》だと思い知らされるような欲望……。

このまま手を伸ばし、あの髪と、横顔と――唇に触れ、そして――夜具の下の、壊してしまいたくなるような可憐な裸体を、見てみたい、そしてそのまま……。

「――百龍長、よろしいか？」

不意に天幕の外から聞こえてきた声に――ジャラルディは救われたような気分になって、寝台から立ち上がった。

「は、はい。何か――」

彼の声に答え、天幕の入り口がめくれると、そこから親衛隊員が――ジャラルディと比べると子供のように小柄な、砲兵隊の制服と仮面を着けた士官の姿がのぞいた。龍騎兵のものと違い、顔の下半分が露出した砲兵のその仮面からは、焼けこげたような髭《ひげ》づらが愉快そうに笑っていた。

「君が珍しく――いや、初めてか？　女を囲ったと聞いたのでね。邪魔だったたか？」

砲兵士官は――砲列長のステンマンは、自分と同階級の若い百龍長をからかうような声で言った。ジャラルディは、困ったような顔で返す言葉を探し、

「……その、囲うとか、そういうのじゃ――ありません。ただ、戦場跡にこんな少女を放っておけなくて……　自分が保護、しただけです」

「ははは。いや、すまん。そんなに真面目に答えんでくれ。悪かった悪かった」

ステンマンは軍務机の上に、持ってきた小さな鉄鍋《てつなべ》に、蓋代《ふたがわ》りの平パンを乗せた夕食を、そして素焼きのぶどう酒の壺《つぼ》を置いた。

「君は、まだ食事をしとらんだろう？」

「え、ええ。わざわざ、申し訳ありません――」

「職務に熱心なのはいいが――ちゃんと飯を食うのも仕事のうちだ。君は兵に人気があるからな。君が食わんと、真似をして、ずっと晩飯に手をつけない若造どもがおりよる」

「……今度、注意しておきます」

「そのまえに、食え」

「は、はい。その――自分は、酒は飲みませんので、これは……」

ジャラルディが酒の壺だけを返すと、ステンマンは何かあきらめたように肩をすくめた。

「そうか。そりゃ悪かった」

その場で壺の封を、火薬で黒ずんだ歯で破り、砲列長は立ったままぶどう酒をあおる。豪快に喉を鳴らすその音につられて、ジャラルディも鍋をとって、平パンを粥に浸す。神がその御手で造ったような端整な顔だちの青年が、似つかわしくない、農民の食うような粥を黙々と口に運んでいるのをステンマンはしばらく見ていたあと――、

「君が助けた、その女、な――兵たちがひどく、気味悪がっている」

ちら、と銀の髪を見て、ステンマンがそれだけ言い――また酒をあおる。

「……『怪物』の――迷信のせいだと思います」

「そうだな。だが……　君の部下に聞いたんだが――おっと、誰が漏らしたかは教えてやらん――その子は、あの廃墟で、屍体の山のただ中で、一人だけ生きていたそうだな」

砲列長の言葉を、ジャラルディは沈黙で肯定する。

「おまけに、その銀色の髪だ。兵に怯えるなというのが無理だ――君が、その子をどうするつもりかは知らんがね……」

「自分は……　何も考えていませんでした。ただ、この子を放っておけなくて………どうすれば……良いと思いますか、砲列長殿は？」

真っ直ぐ、何の隠し事もなく、純粋に助言を求める青年の言葉に、ステンマンは哀れむような目を向け、また壺を傾けてから――答えた。

「そうだな……　君が、その子を囲うつもりがないのなら――本隊に、帝都から来る商人が顔を出す。そいつらに、売ってしまうのがいいだろうな」

「……奴隷に、売れ――と……？」

「おっかない顔をするな。　……その器量の娘だ――帝都の奴隷市だったら、金持ちの妾《めかけ》とかに買われて、一生、いい暮しが出来るさ」

何か、自分が奴隷の境遇に落とされたような顔でうつむく青年に――ステンマンは、とことん自分が悪役になる覚悟を固めて言った。

「考えてもみろ。兵があれほど怯えているんだ。もしその子をここに置いておいたら、迷信を信じきっている農民たちに、あっというまに八つ裂きにされるぞ。

それとも——君がその子を囲って、ずっと戦場を連れ回すつもりか？」

「そうですね……」

ジャラルディは立ち上がると、空になった鍋を砲列長に返し、言った。

「本隊と合流し次第、この子は——商人に、預けます」

「それがいい。　……じゃあ、な。君も少し寝ておけよ」

ステンマンはぶどう酒の壺を担ぎ、鍋を持つと——低く、言った。

「……民兵どもが、騒いでいるようだ。気をつけろ。たぶん……　バスティア公の城が、もう陥落ていることが知られてしまったんだろうな」

「——逃亡か、叛乱の恐れがあると？」

「いちおう、警戒しておいたほうがいいと思ってな。本隊と合流するまでは、多勢に無勢だからな」

「わかりました——兵たちに伝えます」

ステンマンが天幕を出て行くと、それと入れ違いに、デイヴァッドが戻ってくる。副官に、哨兵《しょうへい》たちの数を、兵が疲労しない程度に増やすよう命じると——。

再び、天幕の中に静かな孤独が戻った。
少し眠ろう――ジャラルディは、自分に言い聞かせるようにして胴鎧も外し、天幕の片隅に夜具を広げた。そこに身体を沈め、ちら、と銀の髪を見てから――眼を閉じる。
そのとたん――。
あの廃虚での光景や、様々の疑惑、謎、考え事が目蓋《まぶた》の裏を駆け回った。
そして――それら全てを、火花のように散らしてしまうほど強烈な、あの少女の肌と、そして裸体の記憶を――どうやっても、脳裏から振り払うことができなかった。
これは眠れないな……　ジャラルディは半ばあきらめたが――だが、自分でも気づかないほどに疲労がたまっていたのか、彼の呼吸は、数回で寝息に変化していた。

ふと――眠りに落ちた意識が、何かを感じていた。

あの少女の瞳が――――あの紅玉の双眸《そうぼう》が、自分を見つめている――――。

そんな幻覚めいた気分が――眠りの中に沈んでいるジャラルディを驚かせた。
だが――眠りは覚める事なく、彼の意識を泥濘《でいねい》のように絡めて、沈める。
不意に、何かが彼を――ジャラルディの意識を襲い、それを――捕らえた。

…………なんだ――？　…………これは――？

…………自分は――？　…………何をしている――⁉

ここは何処《どこ》なのか、解らなかった。

ただ、ひたすらにそこは暗かった。

墜落感のあるような完全な闇の中に、なにか――白いものが、在《あ》った。

（…………⁉）

その白いものが、女の肌だと――あの少女の裸体だと、それだけはすぐに解った。

無残に引きむしられた被服を、むなしく裸体に絡ませ、這《は》うようにして後ずさっている少女の瞳には、怯え、何かすがるような色が浮かんでいた。

彼女が怖れているのは――この自分だと、ジャラルディは眠りの中で悟った。

（自分は……　夢を見ているのか………）

これは、浅い眠りに付きものの悪い夢だと――そう気づいても、ジャラルディの意識はその夢から逃げることができなかった。普段なら即座に目覚め、振り払えるたぐいの淫夢《いんむ》のはずが――その夢は、ある種の恐怖のように、ジャラルディの意識を捕らえて離さなかった。

(自分は……　何をしている⁉)

最初は、自分が感じている感情が何だか解らなかった。自分に怯え、か細い腕と裂けた布だけで肌をかばい、逃げる少女に——自分が何をしているのか、解らなかった。

「……い、いや……！」

少女の力ない抵抗の悲鳴が、彼の中の感情を爆発させた。

「……いっ、いや！　……あーっ……‼」

ようやく、自分が何をしているのか解った。

少女の被服を引《ひ》き剥《さ》いた自分の手は、逃げる銀色の髪を鷲《わし》づかみにして引きずり倒し、子供のように暴れるその顔を撲《なぐ》りつけていた。

自分の感じているのは——女へのすさまじい欲情だと、畜獣のような性欲だとはっきり気づいても——それが浅ましい夢の中のことだと解っていても、ジャラルディには、自分のしている事が信じられなかった。

彼は、これまで女を抱いたことは無かった。女を抱きたいと思ったことはあったが——それでも、自分が女に暴力をふるったりするなどとは、考えたこともなかった。部下にも、極力、女には乱暴させないように律しているはずの自分が、だが——。

「……くぅ……　う、っ……」

喉をごろごろと鳴らし、苦悶《くもん》で顔を歪《ゆが》めた美しい少女に、彼は、唾するような視線を投げ、髪を鷲づかみにしたまま——軍服の腰帯を緩めた。袴《はかま》の下から、小便でもするかのように男根だけを引きずり出す。痛みがあるほどに怒張した勃《ぼっ》起《き》をつかみ、そこに、少女の美顔をなすりつける。

「……!!　っ、んーっ！　……やあーっ！」

気を失いかけていた少女が、自分の顔にねじ当てられたものの正体に気づき、火がついたように抵抗し、泣き叫ぶ。だが、彼の鋼鉄のような手は、少女の顎《あご》をこじ開け、頭を揺さぶって意識を朦朧《もうろう》とさせ——子供のように泣きじゃくる唇に、怒張の先端をねじ込み、歯が刺さるのもかまわず、舌と唾液《だえき》のなま温かい口腔《こうこう》の感覚を、犯す。

「ぬっ……！　ぬ、うーっ……!!」

窒息させ、顎を壊しそうな勃起を小さな口にねじ込まれた少女の苦悶に、男の満足そうなうめき声が重なる。相手が道具か何かのように、男は少女の髪をつかんで揺すり、その舌と唇を犯しつづける。

（バカな……　自分は——いった、どうしてこんな……!?）

ジャラルディィは、覚めることもできない悪夢の中で、気の狂いそうな恐怖と自己嫌悪に苛《さい》まれ続けていた。例え夢の中とはいえ、こんなことをしている自分が許せなかったし、それ以上に——自分の行為が信じられなかった。あの哀れで、可憐な少女に暴力をふるっている自分が、何か許しがたい敵のように感じられたが——、

（やめろ……　この……!!）

その夢の中の彼は、凌辱《りょうじょく》を止めようとしなかった。

「ぐ……　う、むっ……　う……！」

少女が嘔吐《おうと》しそうになるのもかまわず、彼は少女の口腔を犯し、溢《あふ》れた唾液で少女の顔を汚染する。ただ、ぶちまけるように射精することだけを考え——ただ、自分の中に溜《た》まった獣欲を吐きだすことしか、彼は考えていなかった。少女が壊れようが、死んでしまおうが、全く意に介さず——いや、それを楽しもうとさえしていた。

最初の射精感に、男はぶるっと身体を震わせて薄笑いを浮かべ——。

「……う、くっ！　——ああっ!!」

遊び飽きた玩具《がんぐ》でも棄《す》てるように、彼は少女の唇を勃起から引《ひ》き剥《は》がし、その体を放り捨てた。少女は悲鳴を上げて、咳《せ》き込む。だが、だが男は飽きても、終わってもいなかった。毒蜘蛛《どくぐも》のように、少女の裸体に男の身体が覆いかぶさる——。

「ひっ、い……　やあああっ！」

涙も、悲鳴もはかない抵抗も、男の獣欲をかきたててしまうだけだった。容赦ない拳が数度、少女の頬《ほお》を撲り、男の腕がか細い少女の手足を押さえる。暴れるたび、白い少女の腿《もも》はクサビを打たれたように割られ、押し広げられ、最悪の姿勢に歪められてゆく。

「や、やぁっ！　やあ……！　痛い、よお……」

蛙《かえる》か何かのように、無残に押しつぶされた少女の裸身を、男の全てが汚してゆく。視線が太腿の奥から、そこにうずくまった怯えた唇のような恥部と肉の花弁にまで突き刺さり、少女を握り潰《つぶ》してしまいそうな手が、固い乳房を押し潰し、少女の唇から悲鳴をほとばしらせる。

「いっ、い、ああーっ！　……や、やあーっ！」

その唇にさえ、指がねじ込まれ——砂糖菓子のような肌と、まだ男に汚されたことのない乳房に、恐怖の汗がにじんだ滑らかな肋《あばら》と腹に、蟲のような男の舌と指が汚らしい痕を残して貪《むさぼ》り、這い回る。

「うっ、む、うーっ……！　ううっ、く……　やめ、てえ……」

ぽろぽろ涙を流す少女の顔に、男はまた、容赦のない平手打ちを食らわせる。その衝撃で、ぐったりした少女の体を、男は玩具のようにこじ開けた。

ごつい指が、果肉のように割れ、盛り上がった恥部の奥——傷口のような少女の性に突き刺さり、そこを無残に押し広げて、湿った肉を引き裂く。

「ひ……！　や、や……　やあーっ！」

その激痛に、少女は意識を取り戻し、火がついたように暴れる。だが、その時には、男の怒張は凶器となって、その粘液をにじませた先端を恥部に擦りつけていた。

「あ……！　……あーっ!!」

少女が、自分の純潔に突き刺さる暴力を感じてしまい、絶望の悲鳴を上げた。

男は焼けるような息をまき散らしながら、勃起が感じた少女の胎内への感覚を探り――そして、恐怖にうずくまった花弁に、獣のような怒声とともに腰ごと、勃起を叩《たた》きつけた。

「……!!　……っ!!　あ、いあああーーーっ………!!」

ずぶ、ずぶ、と――何かの壊れる感触とともに、男は少女を犯し続けた。

びくびくと痙攣する裸体に、ただ、射精するためだけに腰を揺すり、食いちぎるようにして乳房と唇を貪っていた――。


目覚めることもできない――最悪の夢、だった。

（……自分は――なんてことを……下賤《げせん》な……）

この覚めることもできない夢の中で、ジャラルディは自分の欲情が暴走してゆくのを、ただ感じていた。わずかに残った、それが自分だと信じたい感情が、少女を犯し苛《さいな》む自分を責め、罵倒《ばとう》し、そして絶望していた。

自分の中に——あんな哀れな少女を襲い、獣のように犯す——そんな欲求があるのだと思い知らされたようで、ジャラルディは落下するような絶望感のただ中にあった。

その時、ふと——、

（…………!? ——なん、だ……？）

夢は、少女の凌辱は、続いていたが——。

それを見ている、自分の意識のどこかが——。

何か、ぞっとするほどの——何か、を感じていた。

（まさか……!?）

あの少女の瞳が——あの紅玉の双眸が、自分を見つめている——。

夢を見た、そう思ったあの時に感じていた、あの視野全てを覆ってしまうような紅い瞳の存在に、ジャラルディは気づき——背筋が凍りついた。

その紅い瞳は、男に犯され、壊されているあの少女の双眸とは——違う——。

夢を見ているジャラルディを——いや、闇に包まれたこの世界全てを、不気味な紅い月のように見下ろし、見つめている、紅い瞳の存在に、ジャラルディは気づいた。

その瞳は、無垢《むく》で、純粋そうに――だが、嘲笑《ちょうしょう》するようにも見える色を浮かべ、獣欲にたぎったジャラルディも、自分の悪行に絶望しているジャラルディも、その両方を冷たく見つめていた。何か、飢《う》えたような色さえ浮かべて…………。

その時――。

不意に、世界全てを覆っていたような紅い瞳が、すうっと、消えた。

「う……　うわあああっ……！」

実際には声になっていなかった悲鳴を上げ――ようやくジャラルディは目を覚ました。

夢から覚め、意識を取り戻してもなお、視野は闇に覆われていた。

夢から覚めることができたのは、あの瞳が消えたせいだろうか――。

ふと、ジャラルディは、自分の寝台で寝ているはずの少女のことが気になった。

（まさか……　あの子が自分に、あんな夢を……？　まさか――）

ジャラルディは、無理やり目蓋をこじ開け、淡い灯火にすら痛む目で、足元のほうにあるはずの少女の銀の髪へ眼をやった。

「……!?」

あの子がいない!?　――それを一瞬で悟ったジャラルディの目に、寝台の横で切られて裂口を広げている天幕と、外の闇が映り、そして――、

「!!」

男が――布で顔を隠した二人の男の影が、天幕の中をうごめく。その片方の男が、かっと目を見開いたジャラルディに気づき、驚愕と、憎悪の短い叫びを上げた。

二人の男は、親衛隊がこの地で集めた、農民の服をきたままの民兵だった。

(民兵が……⁉　なにを……　――まさか⁉)

一瞬後、何のためらいもなく、男の握った匕首《あいくち》の切っ先がジャラルディの喉を襲った。

だが反り返った刃が喉を裂くより速く、音もなく走ったジャラルディの手が、匕首を握った男の手を捕らえていた。

「ギャア!」

犬のような悲鳴を男が上げた。ジャラルディの拳の中で、刺客の手の骨と短剣は一緒に握り潰されて肉塊と化す。その悲鳴が消える前に、跳《は》ね起きたジャラルディは、もう片方の手で男の喉を捕らえ、鳩《はと》でも絞めるようにその頸骨《けいこつ》を粉砕していた。

「――‼」

残されたもう一人の民兵が、辺境の言葉で呪詛の叫びを上げ、匕首を引き抜く。

人を殺し慣れた気配のある攻撃が、丸腰のジャラルディを襲うが――、

「……ぐ、あ……‼」

速さ、そして間合いというものが違いすぎた。ジャラルディの鋼鉄のような鉤爪が男の頭蓋を捉《とら》えると、その激痛に、男の手から匕首が転げ落ちた。

「——あの子をどこにやった⁉」

ジャラルディが、背筋が凍りつくほど静かな怒りのこもった声で問い詰めた。

「…………‼」

だが、民兵の口からほとばしり出たのは、帝国と『怪物』を呪詛する汚い言葉だけだった。ジャラルディは、火を噴きそうな目で切り裂かれた天幕を照射した。


おそらく、ここから連中は少女を連れ去ったのだろう——。

兵たちから、バスティア公の城での一件が漏れたのだろう——。

公の娘かもしれない少女が、農民たちが『怪物』と怖れる少女がここにいると知った民兵たちが、夜陰に乗じて彼女を掠《さら》ったのだろう——。

おぞましい『怪物』を、殺してしまおうと——。


天幕の外には、深い闇と、水の中のような静寂が——まだ、広がっていた。

民兵たちは、まだ集団では動いていない——ならば——。

ジャラルディは時間を無駄にしなかった。

ぐぱっ、と、糞甕《くそがめ》をたたき割ったような音を残して、ジャラルディの握力は民兵の頭蓋を破壊し放り捨てる。その時になって、ようやく天幕の中に、異常に気づいた警邏《けいら》の兵士たちが駆け込んできた。

「……!?　──百龍長殿!!」

抜刀し、長銃を構えた親衛隊員たちは、天幕の中に転がる二つの死骸と、何事も無かったかのように立つ指揮官の姿を見、そして一瞬後、何が起こったのかを理解した。

「も、申し訳ありません……　お怪我は──」

「私はいい。それより──命令を伝える。兵士たちを全員、起こして武装させろ。ただし、絶対に騒がせるな。民兵に気取られないようにして即座に戦闘態勢を取らせるんだ。叛乱の可能性がある──行け」

それだけ命じると、ジャラルディィは立てかけてあった大鉈だけを手に、切り裂かれた天幕を潜り抜けようとした。その背を、緊張で震える部下の声が追った。

「百龍長殿、どちらに!?」

「すぐ戻る──私の許可が無くとも、攻撃を受けた場合は全力で反撃しろ」

ジャラルディィが行ってしまうと──数人の親衛隊員は、ごくりと息を呑《の》んだ。そして仮面の下の眼を見合わせ、急ぎ足でそれぞれの分隊へと走っていった。


──まだ、遠くには行っていない。

ジャラルディィはそう確信し、そして自分がそう信じたがっていることに気づきながら、遠い営火の灯がかえって深くしている闇の中を、進む。

あの少女を掠った奴らが、どちらに向かったかは解らなかったが——そんなに遠くまでは行かないはずだった。民兵たちは馬を持っていない。

そして——。

他の民兵たちが未《いま》だに静かなのは、バスティア公の娘の首級が、まだ曝《さら》されていないからだ——という確信が、ジャラルディにはあった。

民兵たちの野営地、その脇の、深い森へとジャラルディは目をこらした。まだ天幕からは百歩と離れていないが——この闇は、略奪者たちを油断させているはずだった。

（……頼む——無事で……　いてくれ……）

ジャラルディは足を止め——闇の中の気配を探った。

おそらく略奪者たちは——いくら『怪物』を憎悪し、怖れていようとも——あの少女の姿に、そのまま刃を振り下ろすはずはなかった。きっと奴らは、その前に……。

「——…………！」

小さく、くもぐった悲鳴が、だがはっきりとジャラルディの聴覚を刺した。

「…………い　……!!」

もう、間違えようがなかった。ジャラルディはあの少女の、押し殺された悲鳴のした方向へと、猟犬のように身を潜め、巨体に似合わぬ敏捷《びんしょう》さで忍び寄った。

あの子が――夢の中で自分がしたような目にあっている――。

激怒と、後ろめたいような憎悪が爆発しそうだったが、ジャラルディィは耐えた。

「……や、だあ………　な、に……　いや、だ……」

はっきりと、少女の声が聞こえた。

薮を避け、木立をくぐったジャラルディィの視野に、不意に――白と、銀色の姿が映る。

「ひ……　やだ、よお……」

あの少女だった。まだ彼女が生きていたことに、ジャラルディィは胸の中で何度も十二天使に感謝を捧げ、略奪者たちに見つからないよう、怪物のような巨木の陰に隠れた。

四人の男たちだった。その輪の中に囲まれた形で、身を包んでいた敷布すら奪われたあの少女の裸身がうずくまっていた。細い腕しか、その可憐な肌を隠すものを持たない少女は、寒さと恐怖に震えて、子供のように怯えた顔を闇にさまよわせる。

「ひ……！　やだ、やだ！　やめてえ！」

ジャラルディィはその悲鳴に耐え、距離をつめ――音を立てないように大鉈を抜き放つ。

「――……おい、やめろよ、呪いで身体が腐るぞ……！」

訛《なま》りのひどいこの地方の言葉で、別の男が言った。その声に、少女の腕を捕らえ、便意でも催したかのように腰帯を緩めている男が唾《つば》でも吐くように言った。

「――……本物の怪物かどうか、おれの……で調べてやるよ……！」

「――……好きだな。ま、いいか。おれもやりてえ……」

一人の男が、握り出した男根を握り、しごいて吼えると、他の男たちも血走ったような目で、少女の白い腕と、両の足を押さえつけてぎらぎらした視線で暴れる少女を犯す。

「やだ、あ……！　ひ……　いた、い……！」

「――……おいおい、殺すなよ。生かしておかねえと……　ウィーンの殿さまからぜにがもらえねえからな……　他の連中に気づかれねえようにやれよ……」

「――……じゃあ、口、ふさいでやるよ……！」

男たちの下卑た笑いに、少女の悲鳴が混じり――。

「……‼　や、いやあっ……！　に……　兄さま、たすけてえっ……！」

ぴく、とジャラルディィの動きが一瞬、止まった。

だがその時、男の小さな罵声と、少女の頬が張られる音が闇の中から聞こえた。

「ひっ……！　…………うっ、う……」

その瞬間――ジャラルディィの胸のどこかが音を立てた。彼の巨躯が闇に走る――。

ばうん！　――巨大な弦楽器が鳴ったような空気の裂ける音をはじけさせ、ジャラルディィの手が大鉈を男たちの群れへと投擲《とうてき》する。短剣のように投げられたそれは、だが破壊的な死の直径と威力を持って男たちの群を切り裂いた。

「――……‼」

たぶん、自分が死んだのにも気づかずに――少女の足を踏みつけていた男が、魚のように口をぱっと開き――魚のように、身体を斜めに両断されて崩れ落ちた。

「――ひっ、ひあああっ‼」

大鉈の切っ先がかすめただけで、男根を握りしめていた手を肘《ひじ》の先から切り飛ばされた男が悲鳴を迸《ほとばし》らせた。

白い巨大な影が、声も上げずに襲いかかる。長銃の撃鉄を起こす間も無く、男の一人はジャラルディィの拳で顔面を直撃され、そのまま信じがたい距離を吹き飛ばされて消える。

「――こ、この悪魔が……！」

男の短槍が白い巨体を貫こうと、毒蛇のように間合いを狙う。だがジャラルディィは何事もなかったかのように、地面に半分ほど埋まりこんでいた大鉈を軽々と抜き――、

「――あ、あ、わ……！　わあっ！」

薪《まき》でも割るように鉈を振り上げ、真っ直ぐ降ろし、短槍ごと男の身体を砕き裂いた。

その刃が土を噛むと同時に、下から跳ね上がるような大鉈の軌跡が、失った腕から血をまきちらしていた男の臓物を地面にぶちまけさせて――。

惨劇の場所は物音ひとつ、しなくなった。

ジャラルディィは、残りの敵の気配を探り――完全に静寂した闇の中で、血と臓物の臭《にお》いが充満したなま暖かい空気の中に、静かに息を吐いた。

あの少女は——大丈夫だろうか——。

ジャラルディが、地面に倒れ伏しているはずの少女の姿を探した時だった。

少女の姿は、そこには無かった。彼女は——、

「…………あ……　あ、あ…………」

少女は、いつの間にか——ジャラルディの背後で、彫像のように立ち尽くしていた。

（…………!?　しまった、血が——）

最初は、少女が傷を負っていると思った。それほど大量の返り血が、浴びせかけたかのように、少女の白い肌に——胸と、顔と、そして両の手と、髪にもへばりついていた。

「……すまない。君を、こんなめにあわせてしまった……」

ジャラルディは、少女に手を伸ばしたが——、

「…………」

文字どおり、凍りついたようになってジャラルディの手は止まってしまった。

血でべったりと汚れた自分の体を、そして両の手を見つめていた少女が——、

「………………」

呼吸すらしていないような少女が、その瞳が——ジャラルディを、見る。

その紅い瞳が——ジャラルディを捕らえた。

その瞬間——彼の意識は、周囲の闇よりはるかに暗い漆黒の中に引きずり込まれた。

「――!!」

闇の中で、ただ――あの瞳だけが、彼を見つめていた。

あの悪夢の中のように――。

(……ち、違う……!)

あの夢の中で見た、紅い瞳と違っていた。紅い瞳は今、炎のように明確な意思をたぎらせ、赤く、飢えたように燃えて輝いていた。

「……き、君、は……」

ジャラルディの身体は、全く動かなかった。ただか細く震えた唇から言葉が漏れたが、少女は、そんなものは聞いていなかった。

「……ふ　……ふふっ……　あは、あ、はは……」

少女は――笑っていた。自分より遥かに巨大な男の前で、血で汚れた美しい裸体を隠そうともせずに――笑い、ゆっくりと、動いた。

「……あは、は……　これ……　あは、は……　……血……」

動けないジャラルディの目が、驚愕で見開かれた。

ゆらり、動いた少女の唇が――紅い少女の唇が、花が開くように蠢《うごめ》き、白い歯と小さな舌をのぞかせた。その舌が、唇を汚した血を舐め、そして――細工物のような指にこびり付いた血を、愛《いと》おしそうに、唇と舌で――舐めていた。

（…………!!　まさか……!!）

目の前が真っ暗になりそうな恐怖、そして驚愕に曝されても、ジャラルディの身体は全く動かなかった。あの瞳が、彼の意識を奪ってしまったかのように――。

「あは、は……　ね……　――さっきの、つづき……　しよ……　――して……」

少女は肌にこびり付いた血を指で絡め――それを唇に運びながら、煙が流れるような動きでジャラルディの巨体に肌を這わせた。

ただ、それだけで――ジャラルディの屈強な身体は、人形のように地面に崩れた。

（……くっ⁉　まさか、まさか……　――本当に……　この子は……⁉）

男の巨体の上に――白い蛇を思わせる、しなやかな裸体が流れる。

「さっきは……　じゃまされちゃった、けど……　もう……　あははは……」

少女の滑らかな太腿と、腹が、ジャラルディの下腹部を這う。子供のように恥ずかしげも無く男にまたがった少女の裸体。その、悶《もだ》えるように自分の乳房をひしゃげさせた白い両の手が、すうっと男の胸に、そして脇から首筋へと――顔へと、包むように滑る。

その感触と、目の前にある少女の裸体は――そして自分の上で、何かいやらしい生き物のように腰をうごめかせて、男の欲情を、いや――性器を、男根だけを、それが何か身体とは別の機械でもあるかのように猛り狂わせていた。

（まさか……　あの夢は、この子が、私に見せたのか…………⁉）

身体は——ジャラルディの身体は、凍りついたように動かず、そして冷え切っていた。

わずかに触れた少女の肌から、そして彼を弄ぶ細い指が触れた場所は、そこから致命的な出血でもしたように冷え、感覚すらも奪われていっていた。

「あはは……　あったかい、よ……　おいし……　あはは……」

軍服の分厚い布さえ貫通する、少女の指の感触が下腹部の高まりを残酷に愛撫《あいぶ》する。ただそれだけで——男の口からうめき声が漏れ、射精した時のように身体が震えた。

「ね、ね……　だして……　いっぱい、いっぱい……　——ちょうだい……」

ジャラルディの耳元に、ぞっとするほど熱い少女の吐息が絡みつく。

（……だ、だめだ……　だめ、だ……）

少女の豹変《ひょうへん》が、自分のせいだと——彼女に血を見せてしまった自分が、少女の何かを狂わせてしまったのだと、ジャラルディは悟り、そして——ともすれば甘美な睡魔に捕らわれそうになる意識を、必死に奮い立たせようとした。

「……だめ、だ……　君は……　——違う……」

ただ、それだけの言葉を振り絞るのに、数年分の命をすり減らしてしまったようだった。

「……こんなことは……　——やめるんだ……！」

その必死の言葉も次第にかすれてくる男——ジャラルディの顔を——、

「……………」

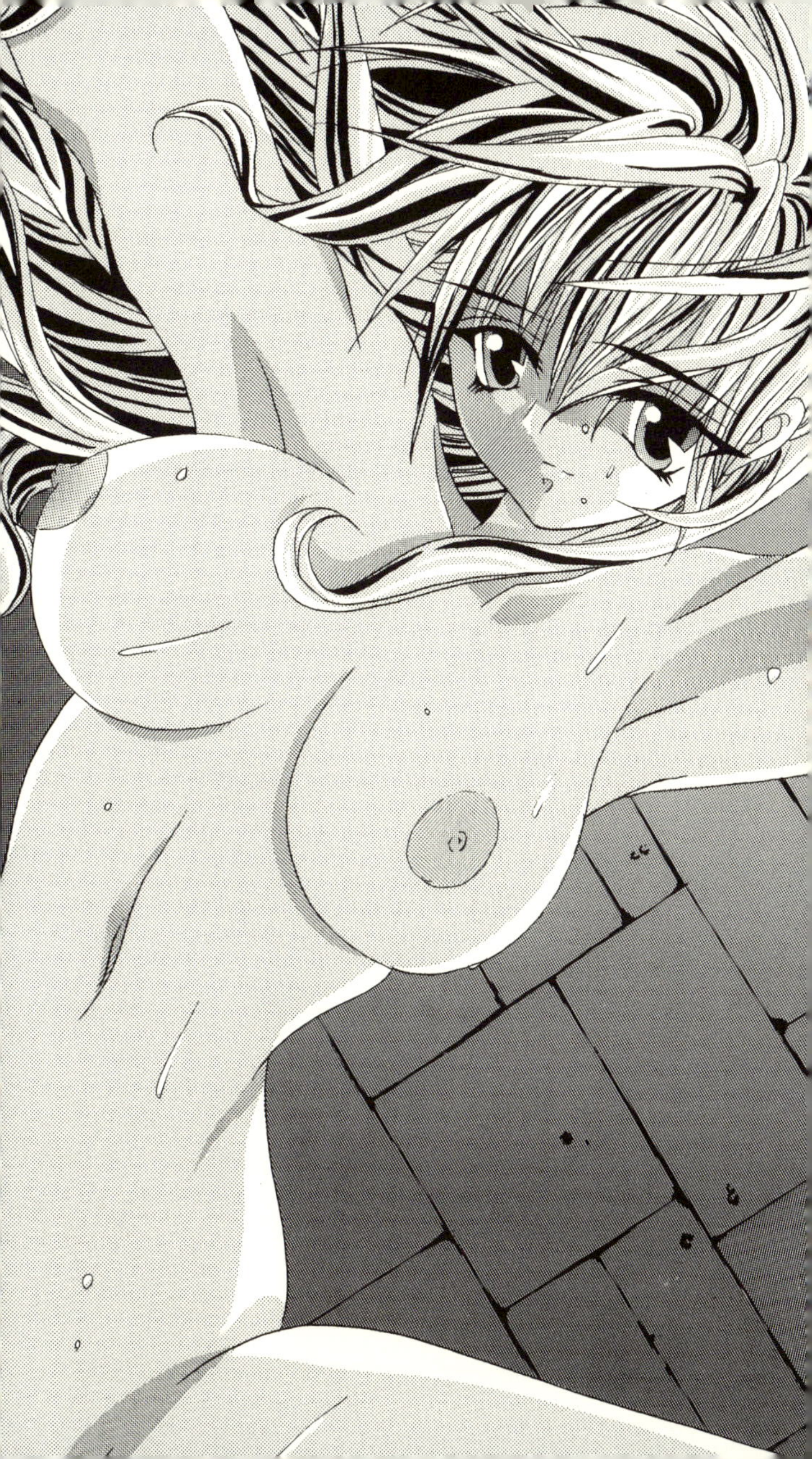

貪欲な色をたたえた紅い瞳が、じっと彼の碧眼を見つめていた。闇の空に浮かんだ不吉な月のような紅い瞳が、ぞっとするほど無表情な瞳が、ジャラルディを見つめていた。

「もう…… やめ、るんだ…… 君は——怪物、じゃ…… ない……」

ゆっくり、無表情な瞳のまま、少女が首を振った。

「ううん…… あたし…… ——お兄さまとおなじ…………」

「………!?」

「怪物、なの…… だから——もう…… 永久に、ひとりぼっち…………」

ゆっくりと、少女は空っぽの声でささやき、そして——。

氷のような指を、男の首筋に全て、絡める——。

「……違う!!」

ジャラルディは——喉が裂けるほどの思いで——叫んだ。

彼の叫びが、わずかに少女の手の呪縛を——迷わせた——。

その時——。

ごおおおおおうんっ!!

突風のような、落雷のような轟音が、闇を切り裂き、森の木立を震わせた。

「――あ……!?」

鼓膜を麻痺《まひ》させるその轟音に、少女の裸体が、鞭打《むちう》たれたように強張《こわば》った。

(……!? 砲撃……!? ――いや、今のは爆発だ……!!)

ジャラルディは、鉛を流し込まれたように感じる身体を、声にならない絶叫を上げて無理やり動かす。自分の体の上で、打ち捨てられた白布のように呆然《ぼうぜん》としている少女の白い腕をつかみ――矢を引き抜くようにして、その指を自分の喉からもぎ取った。

「あ……　あ、う………　……あ――」

少女が、がっくりと力を失うのと同時に――ジャラルディの筋肉の奥で、かすかに、熱いものが甦《よみがえ》りを見せた。ジャラルディは歯が砕けそうになるほど顎を食いしばり、激痛に耐えて獣のように立ち上がる。

(気を……　失ったのか――)

ジャラルディが、人形のように力なく揺れる少女の頭を支え、その顔をのぞいた時、

「…………あ、あ……　く……」

ぴく、と苦しそうに痙攣し――痛みを堪えるように、少女の唇が動いた。

「う、あ……　あ……　あ――天使、さま………？」

ジャラルディは――体が崩れそうになるほど哀しく、そして歓喜し――答えた。

「あ、ああ……　もう、大丈夫だ。もう……」

「あたし……　あたし、いったい…………」

少女の、紅玉を濡らしたような瞳が——闇の中でもはっきり解るほどの不安と、悲しみを映して、揺らめくように潤み、ぽろぽろと涙をこぼした。

「……もう、いいんだ……　君は、もう——おやすみ……」

ジャラルディの大きな手が、そっと、少女の目を閉じさせた。

「ここは——暗い……　明るい場所に、行けるまで——眠っておいで……」

抱きしめたら、壊れてしまいそうだった。

小さく、嗚咽《おえつ》し、丸くなる少女を抱きしめたまま、数呼吸の間——ジャラルディは、自分でも正体の解らない悲しみと、愛おしさが入り交じったような激情に自分を任せ——やわらかな、小さな裸体を抱きしめていた。

そして——。

「ここから——出よう」

地面に打ち捨てられていた大鉈を取ったジャラルディは、その重さに、自分の力と冷静さが戻ってくるのを感じていた。

彼を救ったあの爆音がした方向に——宿営地のある方向に目を向けると同時に、ジャラルディは灌木《かんぼく》を踏みつぶすようにして、走った。

闇の向こうの宿営地には、明らかに、営火とは違う不気味な炎がいくつも、燃え上がっていた。その暗い輝きに乗って、兵士たちの怒声や号令がばらばらに響く。闇の中に、ぱちぱち爆ぜる錆色《さびいろ》の銃火がはためき、鋼鉄のぶつかり合う音、そして絶叫が脹れ上がった。

ジャラルディィは戦列を離れていた自分の失態に毒づき、走る。

彼が森の中から、巨大な肉食獣のように疾駆すると——、

「うっ、わ……!?」

「……! 百龍長殿……!!」

武装し、戦陣を組んでいた数名の親衛隊員が彼に気づいた。もう少しで発砲しそうになった彼らに、ジャラルディィが静かに、だが鞭を鳴らすような命令を発した。

「現在の状況を知らせろ！」

反射的に、親衛隊員たちは素早く戦時敬礼を送り、口早に報告する。

「民兵どもの叛乱です！ 奇襲を受けましたが、応戦し、第一勢は押し戻しました！ 現在、宿営地の北側で円陣防御を張っています！」

兵士の一人が、ジャラルディィの腕の中の裸体に気づき、ぎょっとしたが——ジャラルディィは何事も無かったように、素早く命令を送り、部下を引き連れて走った。

「良し。よくやった——あの爆発はなんだ!?」

「はっ、民兵どもが射掛けた火矢で、弾薬の一部が誘爆したものです」

「こちらの損害は？」

「わずかに死者、負傷者が出ています。現在は砲列長が指揮を――」

野営地の中を駆ける間にも、敵の投げ込んだ松明や火矢が、所々で天幕に燃え移りだしていた。顔や髪を焦がしそうなその熱の中、兵士たちがばらばらと走り、そして攻め入ってきた暴徒たちと切り結んでいた。

目の前に飛び出してきた数人の暴徒を、声も出さず、そして悲鳴すら発せさせずにジャラルディたちが殲滅し、走る。

「――砲術長殿!!」

円陣の中に駆け込んだジャラルディが、砲声のような声で吼える。

「……おう、生きておったか……!」

白い部下たちの姿が、がっちりと円陣を組んだその向こうから、返り血を浴びたステンマン砲術長、そしてデイヴァッドの姿が走り来る。

「申し訳ありません。――自分が指揮を引き継ぎます」

「ああ。やつら、夜の間に別の隊と合流しやがったな――1000近くいるぞ」

「敵に砲は？」

「多分、無い。だが、キリスト教徒どもから銃を流されてる。結構、撃ってきよる」

ジャラルディは、負傷した兵士たちを包帯していた部下に、少し迷ってから――、

「……この子を、頼む。今は眠っている――このまま、連れていってくれ」

指揮官から、いきなり女を——男ならば誰でも夢に見るような少女の裸体を抱き渡された兵士は、仮面の下の眼をぎょっとさせたが——すぐに、少女を大きな亜麻布で包むと、負傷した仲間と一緒に少女を荷車に積み込む。

ジャラルディは、デイヴァッドの手渡す兜と仮面を着け——、

「砲術長、あなたの砲は？」

「ああ、散弾を二重装填して待機させてあるよ！」

「でしたら——私の合図で、北側の森を掃射してください。そこを、突破します」

「うむ。そうだな……　このままじゃ、どうせじり貧で嬲《なぶ》り殺される」

「砲を発射したら、残りの弾薬、補給物資とともに、砲を爆破する準備を——」

その言葉に、砲術長は渋い顔をしたが——すぐに深く、うなずいた。

「砲を失った責任は、自分が取ります——」

そう言い残し、ジャラルディは数名の部下、そしてデイヴァッドを連れ、円陣の北側に走った。背後の火災が照らす、薄暗い赤色の世界の中、いくつもの白い軍服が地面に倒れ臥し——そして、その数倍の民兵たちの屍体が散らばっていた。

銃声が、鞭のように吼え、唸《うな》り、親衛隊の軍刀と暴徒たちの粗末な武器がぶつかり合う。

弾の尽きた銃を、棍棒《こんぼう》のように振り回していた部下たちの前にジャラルディは躍り出た。

「Ｕｒ——ＡＡＡＡＡ!!」

魔物が吼えるような親衛隊の雄叫びに、蟻のように蝟集していた民兵たちが固まる。

銃口が、襲い来る白い死神を捉える前に――。

ばらばらと、大鉈に斬《き》り飛ばされた肉体が暴徒たちの中にまき散らされた。怯《ひる》んだその群れの中に、親衛隊の軍刀が斬りこんでゆく。

「砲撃!! 発射!! ――テェッ!!」

ジャラルディが吼えると――。

ぐわ、ぐわん!! ――と、世界が裂けてしまったような轟音が背後で弾けた。

閃光《せんこう》めいた砲火が闇を裂くと同時に、ジャラルディたちの側面の森が、巨大な手で毟られたように震え、千切られ――無数の鉛球と屑鉄《くずてつ》が、木立と、そこに潜んでいた暴徒たちを無残に粉砕していった。

「よし、下がれ!!」

砲声に麻痺しかけた鼓膜に、ジャラルディの命令が突き刺さると、親衛隊員たちは円陣の奥に後退してゆく。

「絶対に仲間の負傷者と遺体を見捨てるな!! 敵を喜ばせるだけだぞ!!」

ジャラルディは大声で命じながら、自分も両の肩に、負傷して呻いていた部下を担ぐ。

迫る暴徒に、大鉈を一閃《いっせん》させながら矢継ぎ早に命令を下す。

「第一、第二分隊は騎乗!! 先頭と殿につけ! 残りは負傷者を乗せた車を方陣防御!」

ばりばりと、戦鼓を打ち鳴らすような馬蹄の響きが走り、騎乗した部下たちが闇の中を駆けてゆく。

ジャラルディも、部下が引いてきた巨大な軍馬の鐙に軍靴を突き刺し、軽々と馬上の人となって命令を飛ばす。

「北側を突破する!! ――龍騎兵、続けっ!!」

その雄叫びが、星のない空、そして漆黒の森と荒野の闇を裂き、走った。

*

この季節にはめずらしい、暖かな西風がゆるやかに街道を横切り、木立を揺らした。

名も無い小川の傍らを通る、これも名の無い小道の両側には、その牧歌的な光景には似つかわしくない豪奢《ごうしゃ》な天幕や荷物を満載した貨車が並び――ときおり、その間を駄獣を牽《ひ》いた農民や商人たち、そして帝国の騎馬たちが行き交っていた。

一団の、純白の騎手たちが小道を進み、そして――、

「おはようございます、百龍長殿――」

巨大な軍馬の背で、彫像のような完璧な騎乗姿勢を取ったジャラルディに、部下の龍騎兵たちが敬礼を送り、道を開けてすれ違って行った。

染みひとつ無い、完璧な純白の軍装に身を包んだジャラルディは、その仮面の下の双眸を、小道の先にある街へと向けた。本隊の橋頭堡《きょうとうほ》であるこの街には、軍隊相手の商人が集まっている。その、屈強な腕の中で――、

「……ねえ、天使さま」

銀の髪の少女が、もぞりと動いた。

「――やぁ。目が覚めちゃったかい？」

「ん……　わぁ……！　きれいなおうちが、いっぱい、あるよ……」

少女が、道の両側に広がる天幕にきらきらと瞳を輝かせる。ジャラルディは仮面の下の碧眼に、ふと、暗い色を浮かべ――言った。

「ああ――君は、こういうものが、たくさんある場所に――行くんだ」

「えっ？　あたし、どこか……　いく、の？」

「あ、ああ……　君とは――お別れ、だ」

「えっ……!?」

少女が、子供のようにもぞもぞ動き、ジャラルディの顔をのぞき込もうとした。だが、彼女の目には、表情を全く映さない仮面と、空洞のような二つの穴だけしか映らなかった。

「そんな……　や。やだ、よう、天使さま……　お別れ、いや……」

少女の手が、ぎゅっと、手綱を取っているジャラルディの手をつかむ。そのはかない力

に――仮面の奥の、哀しげな青色が――不覚にも少女を見つめ返してしまう。

「自分は……　君とは、いられないんだ…………。

でないと……　自分は、君まで――――」

「…………なあに、天使さま？」

「自分、は…………」

ジャラルディは――彼の龍騎兵隊は、民兵たちの叛乱から逃れ、本隊との合流に成功した後、すぐに追撃戦に移り、暴徒たちを包囲殲滅した。

その戦いが終わるとすぐ、ジャラルディは軍団から命令を受けた。

〈叛乱を起こしたバスティア領の異教徒を、一人残らず殲滅し、焼き払え〉と――。

ジャラルディは、何の迷いもなくその命令を受領し、部隊を再編成した。

明日からは――バスティア領の全ての街、そして村を焼き払い、井戸を埋め、畑に塩をまき――暴徒だけでなく、女子供だろうとかまわずに斬り殺す任務が始まる。

迷いは無かった――今まで、何度も行ってきた任務だった。

だが――。

今度だけ――今度だけは――違った――――。

「君、は……　ここにいては、いけない…………」

青い瞳が、言葉とともに、少女から逃げるように逸《そ》らされた。

その二人の姿が、街の大通りに入ると——。

ジャラルディから連絡を受けていたアルメニア人の奴隷商人が、純白の巨躯を見つけ、あわてて騾馬《らば》を乗り捨てて走り寄ってきた。

「……これはこれは、百龍長様！　わざわざお越し頂きまして——」

ジャラルディは、無限に続くような商人の挨拶《あいさつ》を無視するように——、

「あ、う……　——天使さま……⁉」

ジャラルディは、少女を抱き上げ、そのまま——そっと、地面に降ろし、言った。

「この子だ。帝都の、なるべく信用の置ける、上客の多い奴隷市場に置いてやってくれ」

静かだが——血を吐くように苦しそうな声で、ジャラルディが言った。

「おお……！　これは美しい子を。このような子を、百龍長様、どちらで——」

「詮索はするな。なるべく早く、この子を帝都に連れて行って売ってくれ。それだけだ」

ジャラルディの言葉に、商人はぎょっとし、地面に平伏した。そして連れていた男の奴隷に命じ、寄る辺無い迷い子のような少女に——、

「あ……　な、なに……」

奴隷商人は、少女の細い腕に、酷《ひど》く邪悪に見える錆だらけの鉄枷《てつかせ》をはめようとした。

ジャラルディが、低く、鞭を鳴らすような声で言う。

「そんなもの、付けるな——なるべく、丁重に扱え……！」

「し、しかし……」

「私が帝都に戻った時、その子がケガをしていたり、飢えていたりしてみろ——貴様の骨を全部、砕いて豚に食わせてやるからそう思え」

その度を越した恫喝《どうかつ》——初めて彼から、得意先の軍人から脅しを受けた奴隷商人は草のように青くなって、再び地面に平伏した。ジャラルディは、そのまま商人の姿が消えてしまったかのように彼を無視して——手綱を引き、馬首をめぐらせた。

「あ、あ……！　天使さま……!!　——どこ、行っちゃうの……!?」

少女が、空っぽの空間をつかむように細い手をさまよわせ、言った。

「——……！　私は——天使なんかじゃ、ない…………！」

血を吐きそうな声を、ジャラルディは背後に残し——鐙を蹴った。

大通りの石畳に、馬蹄が火花を散らし、進む。

その背後に——、

「……天使さま……！　また、また、会いたいの……！　ね……!?」

白い巨躯は、振り返らなかった。

「ね……　天使さま……!!　——たすけてくれて、ありがと…………!!

あの、ね……、
神さまにも……　ありがとうって、伝えて…………！

天使さまを、あたしのとこに遣わしてくれて、ありがとう、って…………」

遠く、街の雑踏の中に少女の声が消えて、初めて――男の唇が、動いた。

「……唯一神よ――」

ジャラルディは、軍馬の歩を緩め、白い仮面と、両腕を真っ青に晴れ上がった天空へと向け、祈りを捧げた。

「……十二天使よ――。

我臥して願う、あの小さきものを……あわれな魂を御身の光で照らし、救いたまえ。

あの少女の運命を、護りたまえ……御身の御加護を、あの少女に………!!」

その悲痛なまでに必死な祈りの声に、行き交う者たちの視線が、ぎょっとしてジャラルディを追った。

だがその時には――ジャラルディを乗せた軍馬は、戦車のような轟きを上げて石畳を削り、疾駆してその姿を小さくしていった。

＊

白い龍騎兵の軍服が、灰色の工兵隊の作業服に混じって松明の灯の下で、行き交う。

「——爆薬の設置、完了しました」

「よし。全員、城壁の外に出せ。最後に——俺が、点火する」

先発隊として出動したデイヴァッドの部隊は、バスティア公の城館の破壊を命じられていた。

暴徒やキリスト教徒がここを使えなくするため、建物と城壁を完全に崩壊させる。すでに、大量の爆薬と油脂が、工兵隊の手によって城館のあちこちに仕掛けられていた。

デイヴァッドは、工兵長とともに、最後の点検に向かった。

これで、最後だ——。

怯える自分を、そう叱咤しながら、デイヴァッドは部下たちを働かせ、この任務に耐えてきた。大量の火薬と、100名を越える部下の数が、デイヴァッドの恐怖心をねじ伏せる役に立っていた。

彼は、最後に——あの、不気味な塔のほうに足を向けた。工兵たちが爆薬を仕掛けたそこに、彼は逃げ出したくなる恐怖を飲み込み、近寄る。

(地獄の底まで吹き飛ばしてやる……!!)

デイヴァッドは塔の闇の中に松明の灯を差し込み、仮面の下の眼を走らせる。

記憶の中に、恐怖とともに焼きつけられたその光景を、眼球が焼けつきそうになる不快感を耐えてデイヴァッドは見回す——何も、ない——が…………。

「――……‼　――げ‼」

デイヴァッドの手から、松明が転げ落ちそうになった。

記憶の中の光景と――どこかが、違う――――。

「あ、あ……　――まさか……⁉」

あの女は――あの銀の髪と紅い目の娘は、百龍長が連れて行った――。

そう、あの時――。

あの娘の足元には、頭だけが焼けこげた青年の屍体があった――はずだった。

「…………な、なぜ……⁉」

そこには、屍体など――無かった。

恐怖が、デイヴァッドの心臓を握り潰しかけた。屍体が消えていたそこには、引きむしって、千切り刻んだような男の服が、西欧の貴族の服が――打ち捨てられていた。

(まさか……　あれも――『怪物』…………⁉)

デイヴァッドは、塔の中からよろめくようにして逃げ出した。

「点火しろ……‼　――ここを、吹き飛ばせ‼」

デイヴァッドの絶叫するような命令が、闇に包まれた廃虚に響き、消えた。

それからちょうど、二十分後――。

轟音と、地獄のような業火に包まれ、バスティア公の城館は地上から消え去った。

セシリアの章

——1614年　エーゲ海暗礁

――私は、はしたなく、ごくりと唾《つば》を飲んでしまった。

私の目と、意識は、また――少女たちの姿に、釘《くぎ》づけにされていた。

「あ……」

間抜けな声を出してしまうほど――惚《ほう》けたように、私は一人の少女を、じっと見つめてしまっていた。

眩《まぶ》しいほどの、豊かな金色の髪――どんな汚れでも穢《けが》しきれない、輝くような亜麻色の髪と、背筋が冷たくなるほどに美しい菫色《すみれいろ》の瞳《ひとみ》に――さらには、ぼろ布が隠せない豊かな肌と脚の丸みにさえも、私は焦点の定まらない眼《め》を向けてしまっていた。

(あ…………まさか――)

ようやく、私は気づいた。

三人の奴隷少女の中で、一番背の高いその少女は――私と同じ西欧の、ロンバルディアの人間のはずだった。なぜ、キリスト教徒の女性が、こんな場所で奴隷に……!?

私がそのことを、ファルコに尋ねようとした時だった。

「――これは、パルヴィス様。さすがに目がお高い。あなた様がご覧になっておられます、その奴隷女めは、私の最もお薦めする……」

私の視線に目ざとく気づいたパイトーンの声が、私の耳元でささやいていた。私にはその親密そうな声が、ひどく鬱陶《うっとう》しいものに感じられてしまっていた。

「い、いや、その——僕は、別に……」

自分の感じていた劣情を、あの金の髪の少女に悟られてしまったような気がして、あわてて私は答えたが——その私の目は——、

「あ………」

菫色の瞳と、冷たく、無表情な少女の顔が——じっと、私に向けられていた。

「え、えっと…… 君、は——」

私が、頭が吹き飛んでしまいそうに興奮し、言葉を探している間も、少女の冷たい瞳は、じっと私を注視していた。その、敵意さえ感じる冷たい視線に、私はやっと、

「君は…… 西欧の、キリスト教徒——じゃないのか……？」

「——………」

私の問いに——。

少女の菫色の瞳が、夜空のような瞳が、真っ直ぐ私を見つめてきた。
それは——救いを求めるでもなく、何か訴えるでも、恨みをぶつけるでもなく——。
ただ——。
冷たく、私の目を真っ直ぐ、見つめていた。

あの、**夜の泉のような美しい瞳に**、いったい――。

今まで、どんなものが**映り**、そして、**彼女はこのような運命に流されてきた**のだろう。

私は、自分では想像することもできない、そんな考えに捕らわれ――。

「**君は**…………」

幻視の中での出会いのように、私はただ――**彼女の美しい姿に、目と、魂を捧げ続け**、

白昼夢のような感覚の中に沈んでいった。

＊

ごうごうと鳴る突風が、暗い海面に波頭を白く、浮き上がらせていた。

油か、墨を流したようなどす黒い海原――。

そこに、月の明かりだけがその輪郭を浮き上がらせている、木の葉のようなものの影がひとつ、あった。それは海面にぽっかり開いた暗い穴のように浮かび、風と波に逆らうよ

うにして揺れていた。

樽《たる》を縦割りにして浮かべたようなその影は、海に錨《いかり》を投げて停泊している、一隻の大型帆船だった。全《すべ》ての帆を畳み、船首を波濤《はとう》に突き刺すようにして大きく揺れているその船は、西欧のキリスト教徒がよく使う型の輸送船だった。

エーゲ海の名も無い島、その陰に身を潜めるようにして、その帆船は停泊していた。

船尾に、小さな灯火と、見張りの男たちを配置したその船は、事情に詳しい者ならば即座に、密輸船だと——航路から外れた海域で、商売相手の船を待ち受けている海賊まがいの連中だと解《わか》るはずだった。

密輸船『ドントゥール』は、事実、そこで商売相手を待っていた。

冷たい雨の混じった突風が吹きつける度、そして真っ白な波濤が船首と船の竜骨《キール》をばらばらにしそうな勢いでぶつかるその度に、真っ黒な船体は悲鳴のような音を立てて軋《きし》む。枯れ木のようなマストは、甲板とともに玩具《がんぐ》のように揺さぶられていたが——それを支える太い索は、ばりばり震えながらも、その機能を完全に果たしていた。

船乗りならば、ひと目で——この密輸船が、何の問題も無くこの嵐《あらし》の夜をしのぎきっていることを見て取るだろう。タールをたっぷり塗られた船体と索は、船倉の品物を、そして甲板の下の船員たちをしっかりと守って、夜と風と、海と戦い続けていた。

世界の始まりの時から、永遠に続いていたような——船体の軋む耳ざわりな音。

澱《よど》んだ空気とともに、船内に充満するすえたような男たちの体臭と黴《かび》の臭《にお》い。

ばちばちと音を立てている獣脂ランプの黄色っぽい灯。

船底から這《は》い上ってきた、汚水溜《ビルジだ》まりの悪臭。

船倉の片隅に積み上げられた、雑多な木箱や梱包《こんぽう》。

その片隅で、小さな、押し殺された叫びが走り——消された。

「…………………!!」

ねっとりと、肌を腐らせるような男たちの放つ熱気——そこに、嘔吐物《おうとぶつ》と安酒の悪臭が混じって、救いがたいほど空気を汚染しきっていた。

頼りないランプの灯が、ばちばちと揺らめく度、その下で——。

男たちの影と、下卑た笑いや怒声が広がる度、その下で——。

「——……!!　……っ！　……ひっ、や……　あああーっ……!!」

男たちは、十ちかくも集っているだろうか。

汚れた男たちの服と身体が、犬のように群れているその下に——白いものが、あった。

「……ああーっ、やあーっ……!!　……ひ、くっ……!!」

動物のように群れた男たちの合間から、女の悲鳴が漏れるように、響く。

「……ああーっ!!　……う、ああーっ……!!」

悲鳴――まだ少女のようにか弱い女の悲鳴に、男たちの野卑た呻《うめ》きと罵声、笑いが――その少女を襲っている行為のように、覆い、引き裂く。

汚水とタールでどす黒く汚れた敷板の上――。

船内の悪臭と、男たちの腐った汗と垢《あか》の体臭、そして吐き気のする蛋白臭《たんぱくしゅう》の中――。

べったりと汚れを擦《こす》られた、白い少女の裸体が――犯されていた。

「……ぐっ、く……!! う、あ、あ………」

少女が、喉《のど》を絞められたような苦悶《くもん》の声をあげる。数人の男に、細腕を頭上にねじ上げられた裸体の上で、べったりと男たちが汚した乳房が、無残に潰《つぶ》される。肌が男たちの指や唾液《だえき》で汚され、弄ばれるたび――汚されていても、ハッとするほど美しい亜麻色の髪がのたうつほど激しく、少女は暴れ、抵抗する。

だが――。

少女が抵抗するたびに、男たちは囃《はや》し立てるように下卑た笑いを漏らす。

「おい！　せっかくのオモチャ、壊すなよ！」

「ハハッ！　まだ航海は長えんだからよ！　……おい、早く代われよ！」

「――うる、せえ……！　こんな別嬪《べっぴん》、初めてだからよ……　はう、うぐっ……！」

仰向けに――地面に叩《たた》きつけられた蛙《かえる》のように、最悪のポーズで男たちの辱《はずかし》めを受けている少女の裸体の上で――種豚そっくりの、すさまじく太った汚い男が、腫れ物だらけの尻を間抜けな器械のように動かし、荒い息を吐き出して——吠《ほ》える。

「この、あま……！　ちったあ、よがれよ、ぐぞ……！」

少女の胎内に、太い男根を突き刺し、犯し——悪態をついた男の汚い手が、少女の喉と顎《あご》を酷《ひど》く締めつけ、床板に打ちつける。

「っ、ぐっ……！　……く——」

その殴打に、少女が気を失いかけ、びくっと痙攣《けいれん》する。そのまま男の手が、容赦なく少女の首を絞めると——太った男の身体が、撃たれたように痙攣し、のけぞった。

種豚男が、ぶるぶる震え、だらしなく弛《ゆる》んだ口から吐精の呻きを漏らす。

「ごっ、ごほ……！　あ、あ……　——ぐ……………！」

少女が、自分の身体の奥深くにまき散らされた時の、最悪の感覚に震え、硬直する。

「あ、あ……！　い、いやあ…………！」

まだ精液をたれ流している男が、熱で濁った顔を少女の胸に埋め、指でむしるように苛んだ乳房を舐《な》め、そこにべったりと唾液の跡を残し——しつこく、腰を揺する。

「——ばかやろう！　終わったら、さっさと退《ど》きゃがれ!!」

数人の男が、苛立《いらだ》った腕で種豚男を少女から引き剥がす。汚い男の体が離れると、体液で汚れた、木の根のような男根がずるりと少女から抜け落ちる。

「ひっ……！　い、痛、あ……！」

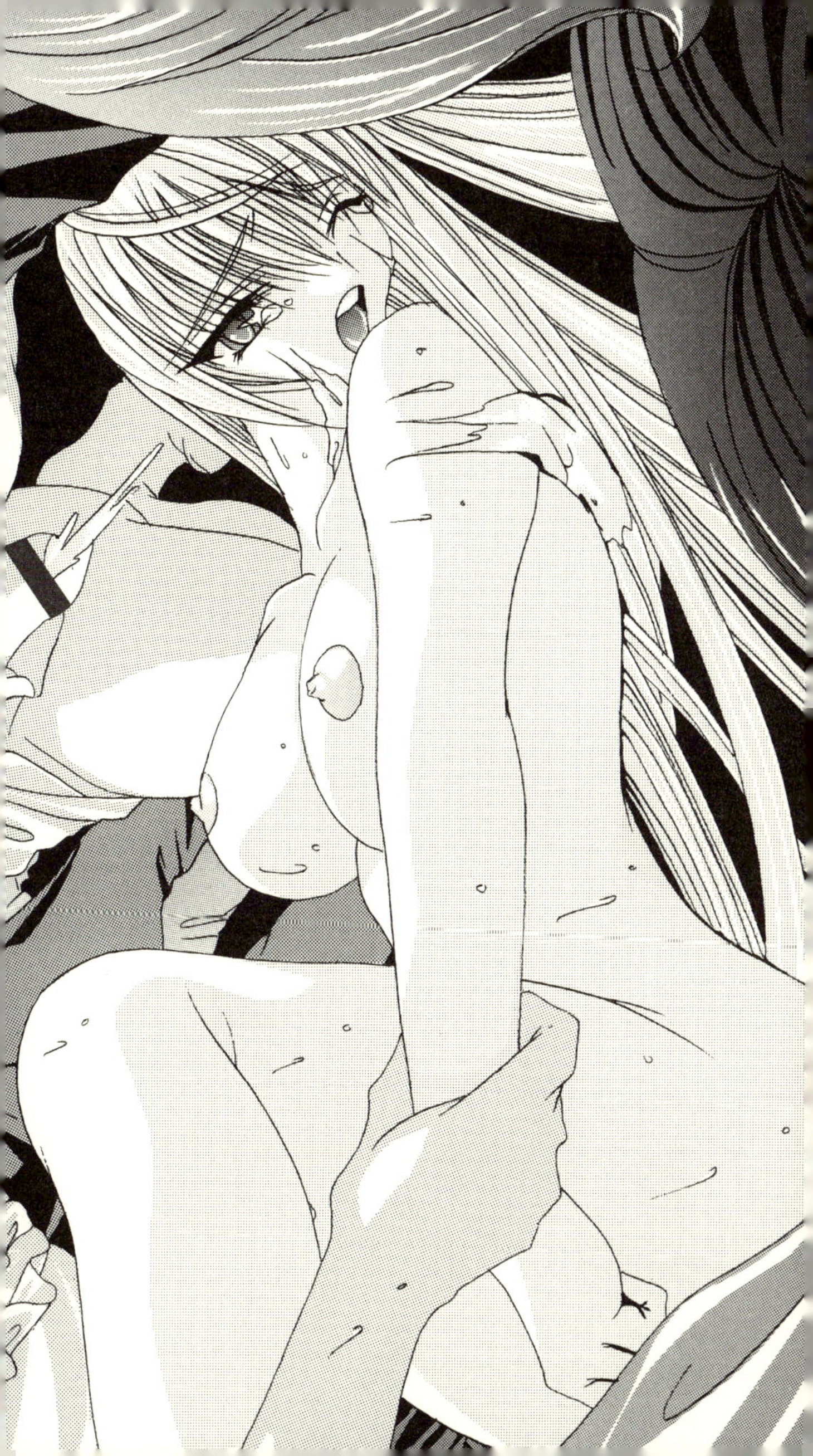

容赦なく引き抜かれた凶器が残した激痛に、少女が悲鳴を上げる——。

「い、いや……　も、や、や……　あ、ぐ……」

その悲鳴が消えないうちに、別の男が少女の両腿《りょうもも》を裂くように押し広げ、襲いかかっていた。久々の女の予感に、射精する時のように脈打つ勃起《ぼっき》を握りしめた新手の男は、少女の恥部に——何人もの男の吐精と唾液、そして暴力が引きずり出した少女の体液と血で汚れた恥毛の奥に、どす黒い肉塊の先端を突き刺し——、

「——ふん！」

男は鼻息を鳴らし、腰を叩きつける。少女が、びくびくと震え——涙をこぼした。

「あ、う……‼　……あーっ‼　も……　やめてえ……！」

男は、その悲鳴と哀願に薄ら笑いで答えると、気持ちよさそうに腰を揺すった。

「いやあーっ……！　……あ、く！　……っ！　ひ、く……‼」

少女を貫き、犯していた男が——何の前ぶれもなく、少女の頬《ほお》を何度も、擲《なぐ》る。その悲痛な音と、悲鳴が走るたびに、男たちの中にどっと歓声が上がる。引き剥がされた種豚男が、その巨体に比べればお粗末な男根を未《いま》だ滑稽《こっけい》なほど勃起させ、この輪姦《りんかん》に加わる。勃起をしごき、泣くような呻きを漏らした種豚男の指の合間から、痰《たん》そっくりの精液が糸を引き、美しい少女の金の髪と顔を汚した。

「う、ぐ……！　あ、あ、いやあ………」

男たちに凌辱《りょうじょく》されている少女の名は——セシリア、といった。

セシリアを痛めつけていた男が、鯨のように吠えて、数回背骨を震わせると——すぐに次の男たちが、待ちきれないように勃起をしごきながら悪態をついた。

「おい、次は俺だ！　どけよ、おら！」

「うるせえな、くそ……　——へへっ、いい眺めだなあ！」

セシリアから離れた男が、ペッと唾を吐いて嘲罵の声をセシリアに向ける。男の荷重と苦痛が一瞬、弱まったのも束の間——弱った虫のように、這いずり、身を震わせる細い裸体に、次の男と、そそり立った肉塊が襲いかかっていた。

「へへっ。逃げんなよお……‼」

「ひっ……！　っ、ぐ……　や、こ、この……！　……

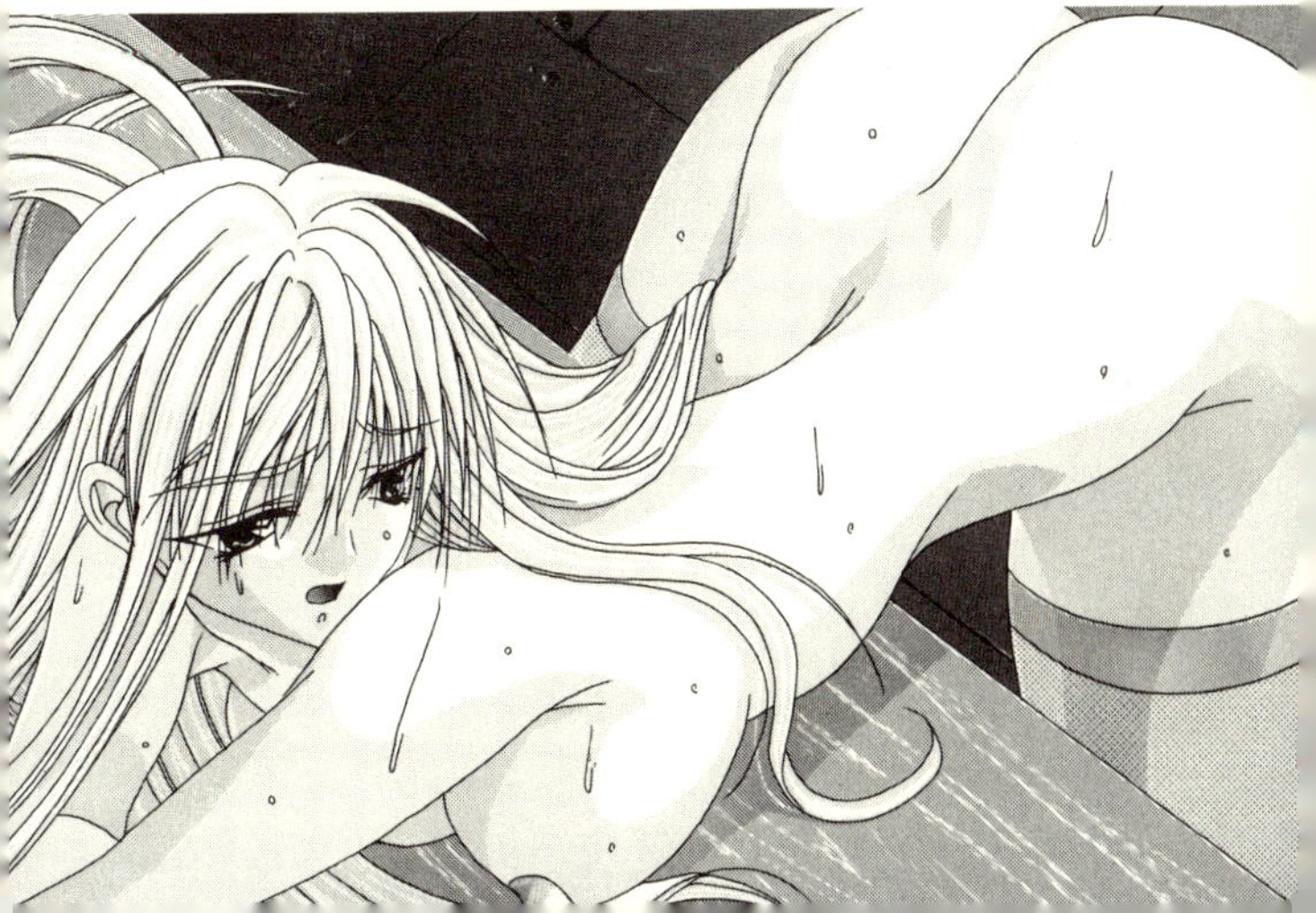

あーっ……!!」

背後から、顔を床板に押しつけられるようにして押さえられたセシリアの背を――ぞっとするような、男の舌と唾液、そして勃起の感触が容赦なく汚していた。

「ぐっ……！　……う、あーっ!!」

背後から、何の前ぶれもなく――男たちの精液で、腐った傷口のように壊されていた彼女の脆弱《ぜいじゃく》な裂唇に、腕ほどもある男根が、めりめりとねじ込まれる。

「ぐ、く……！　――かはっ……！」

セシリアは、ようやく気を失いかけたが――すぐに、激痛で意識を引き戻され、身体も精神も、際限のない辱めを受け続けた。

男たちの暴力と凌辱は、可憐《かれん》な魚か花弁のようだったセシリアの身体を犯し、傷つけ、道具以下の扱いで、ただ――精液を吐きだし、肌の感触と、悲鳴を貪《むさぼ》り続けていた。

男たちの半数ほどが、溜まっていたものをぶちまけ、それでも萎《な》えない勃起をしごきながら少女を汚していた時――この船倉の外側で、風の音が変わっていた。

ひどく遠く聞こえる、甲板でほかの船員たちが駆け回る音、そして号令の叫び――それに、動索や舵棒《かじぼう》が軋む音などが混じり、かん高い笛の音が、それらの音を貫いて数度、響いて走る。

セシリアを輪姦していた男たちのうち、数人がそれに気づいた時だった。

「……おい、やつら、来やがったみたいだぜ」

何かに気づいた男が、慌ててズボンを上げる。だが、セシリアを貫き、叩きつけるような動きで彼女を苛みつづける男たちは、犬のように、ただその行為だけを繰り返していた。

そこに——。

ずしん！と、足元から響くような重たい振動が、船体を走って消える。

それが——。

船が、自分たちの船『ドントゥール』に、別の船が横づけした時の衝撃だと気づいた数人の男たちが、悪態をつきながら少女から離れ、どこかに走ってゆく。

「……こんな荒れてる海で、横付けなんかしやがって——」

「あのアイマール野郎、狂ってらあ…… 俺たちの船まで沈める気かよ……」

「おい、そろそろ止めとけよ。親分が来るぞ——」

セシリアの裸体を潰すようにして、自分も悲鳴のような呻きを上げて腰を揺すっていた男を、数人の男たちが——船乗りの顔と、服装に戻った男たちが引き剥がそうとする。

「行くぜ——あとでまた犯《や》ればいいんだからよ」

「畜生、あのクソ黒ん坊が……！ いい時に、よ…… く、う……」

しつこく、セシリアの裸体にへばりついていた男が、歯を食いしばり——びくびくと、尻を震わせて、哀れな少女の胎内に、べったりと体液をまき散らす。

「へ、へへ……　たまんねえなあ──」

男が、酩酊《めいてい》しきったような顔で、呻く。

その背後で──。

遠くから、遠慮のない足音を立てて歩いてくる巨漢の影が、揺れた。

「……う、ぐ──あ、あ……」

悲鳴とも、断末魔ともつかない力ないうめきが、セシリアの汚された唇から漏れた。その、濁ってしまった菫色の瞳に、近づいてくる巨漢の姿が映る。

「こ、こりゃあ。親分──」

あわててセシリアから離れた男は、薄笑いを浮かべて場所を空けた。船員たちから、親分という言葉と、尊敬というよりはへつらうような視線を向けられた巨漢が、密輸品の納められた船倉の奥で脚を止めた。

「馬鹿《ばか》どもが──また、売り物に手をつけやがって」

もとは、ヴェネツィアかジェノヴァあたりの海将のものだったらしい、豪奢《ごうしゃ》で薄汚れた上着を着た巨漢が、近くにいた部下の船員の一人を殴り飛ばした。

「す、すんません、親分──だって、こいつ、その……」

あわててズボンを上げた船員が、今まで自分たちが血道を上げていた女の裸体を、汚物でも見るような目で睨《にら》みつけ、言った。

「いつまでたっても、俺たちの言うこと聞かねえんで、つい……」

親分と呼ばれていた巨漢は——密輸船『ドントゥール』の船長、ベルトランは、言い訳をした船員に、狂暴な猿のように歯をむき出して笑った。

「こいつを奴隷市で売った時の値下がり分は、てめえらの取り分から引いてやるぞ。まあ、もっとも——生娘じゃなかったからな、このあまは。売ってもたいした金にはならんだろうがな。けっ、サヴォイアのブタどもめ、ふっかけやがって」

ベルトラン船長が、何か少女に恨みでもあるかのような悪罵と、笑いを吐き散らす。その場にいた船員たちが、おべっかのように同調して笑い、汚れた床の上で、瀕死《ひんし》の魚のようにうずくまるセシリアの裸体の上に、罵声と、唾を吐き散らした。

そこに——、

「親分、荷揚げの準備、終わりました……！」

船室への通路から、航海士のしわがれた声が報告した。ベルトランは、笑い、

「よおし——てめえら、金玉が軽くなったぶん、仕事しろよ。このブツを、夜が明ける前にあの糞《くそ》ったれ連中の船に渡して、さっさとずらかるぞ」

おう！と船員たちは答え、ばらばらと散らばり、動き出した。積み上げてあった木箱と梱包を支えていた支柱を外し、縄を解いてゆく。

忙しく、そして荒っぽく動き回る船員たちの群れの、その足元で――、

「……く、うっ……　ごほ、ほ……　う、う……」

セシリアの体が、ぶるぶる震え――少しでも身を隠そうとするかのように、うずくまる。

ベルトラン船長は、汚れきった少女の裸体に、ぎらついて血走ったような目を向け、針金のような顎髭《あごひげ》がうめた口を、べろりと舐めた。

「けっ、いい眺めだな、ロンバルディアの淫売《いんばい》が」

ベルトランが吐き捨てると――力なくうなだれていたセシリアの首が、小さく動き――乱れた金髪の合間から、ぞっとするほどの憎しみに満ちた青の瞳が、男を睨みつけた。

「なんだ、その目は――この便所桶《おけ》が。30フロリンもした中古の便所桶め」

愉快そうに吐き捨てたベルトランの背後に、一人の船員が走ってきた。

「親分、あの……　――やつ、が……　来てます」

その低い男の声は、蔑《さげす》みで満ちていたが、それと同じくらい――怯《おび》えと、隠しようのない不安が混じっていた。ベルトランは、忌々しそうに舌打ちし、言った。

「なんだと?　あの異教徒、なんのつもりだ⁉」

「その……　品物を、確かめさせろと――言って、もう、こっちに……」

ベルトランは、ぶつぶつと呪《のろ》いの言葉、そして神への悪罵を吐き散らした。

「わかった。じゃあ――このまま、ここに連れてこい」

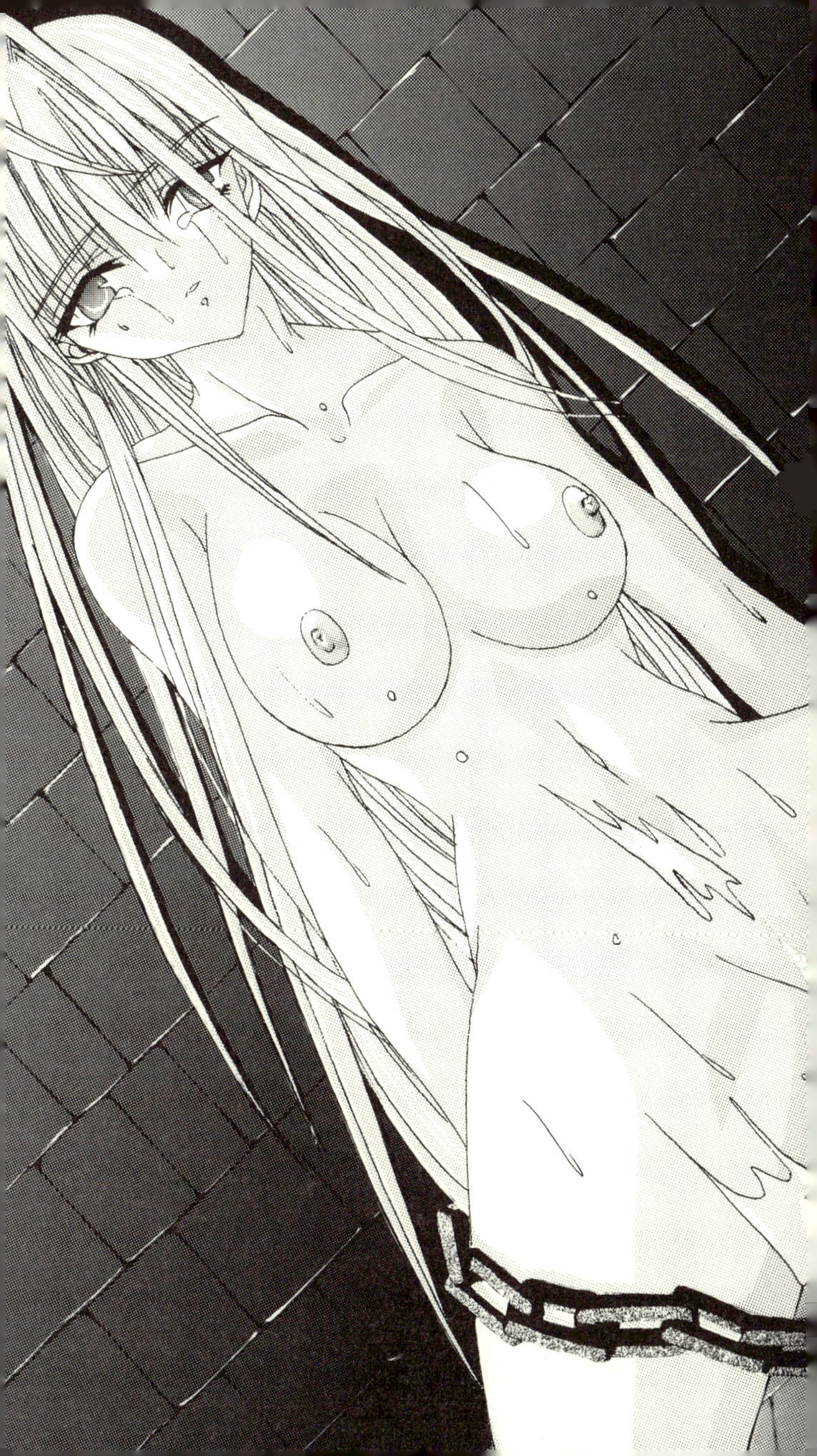

船員は、床に崩れている雑巾《ぞうきん》のような女の裸体を、ちらと邪魔そうな目で見たが——何も言わずに甲板へと走っていった。ベルトランは、運び出せるように梱包や木箱を動かしている手下たちの真ん中で——何の前ぶれもなく蹴《け》った。

「あの黒ん坊にみせてやれよ、淫売め」

ベルトランのごつい長靴が、セシリアのわき腹に蹴りこまれ、突き刺さった。

「う、ぐっ……!!　ぐ!!　か、かはっ……!!」

裸体をそらせ、髪を振り乱し——海老《えび》のように丸まって呻くセシリアの髪を、ベルトランの指の欠けた手が、容赦なくつかみ、引きずった。

「く、うっ!　あ、う……!!」

激痛と苦悶に、白い喉をのけぞらせたセシリアの顔に、ばんばん、と別の手が平手打ちを食らわせた。セシリアが気を失いかけると——髪を引きずられ、朦朧《もうろう》としたその顔に、むっとする悪臭を放つズボンの前が、ねじ当てられた。

「ひ……!　い、いやあ……!」

その意味を理解するのと同時に、セシリアの唇から悲鳴が、そして固く閉じられた瞳からは、ぽろぽろと涙がこぼれ落ちた。髪が千切れそうになるのもかまわず、抵抗し、顔を背けようとするセシリアの顔の前で——小便でもするように、男はズボンの紐《ひも》を解き、そこから腐った太縄のような肉棒と悪臭を露出させた。

「食えよ、淫売。齧《かじ》らねえで、つるっと飲み込めよ――」

「い、いやあ!! ぐ……! こ、この……!」

悲鳴を漏らし、固く閉じられたセシリアの唇と小さな白い歯を、ベルトランの指が難なくこじ開ける。彼女の抵抗は、男の前では悲鳴と同じ――男の暴力と歓喜をかきたてる役に立ってしまうだけだった。

男は、噛《か》み合わされた歯と唇の隙間に、だらりとした男根の先端をなすりつけた。

「ぐ……!! ん、んーっ……!!」

絶叫に近い、喉の奥から絞り出すような悲鳴――その、並の神経の持ち主なら耐えられない少女の惨状に、手下の船員たちは、燥《はしゃ》いだような視線と笑いを向けていた。

「食えよ、この淫売が――」

ベルトランの抜いたナイフが、セシリアの歯に触れて、彼女の背筋を凍らせ力を奪う。

そのまま――歯が刺さるのもかまわず、男は半端な硬度の勃起を口にねじ込む。

「む、ぐ……! ぬ……! ご、ほ……!!」

窒息するような、少女の咽《む》せた悲鳴が船倉に充満した。

「けっ。こんなじゃ、羊とやってたがマシだぜ」

ベルトランが吐き捨て――船員たちが、おべっかを使うように、どっと一斉に笑った。

その笑いが――、

「…………」

船倉の一画から——何か空気が失われてゆくように、野卑た笑い声が、しんとした不気味な沈黙に変わっていった。

数呼吸の間に——その沈黙の正体が、数歩の距離を歩く間に——、

「——やつ、だ…………」

船倉の中は、海底のような重苦しい沈黙に支配されていた。

ただ——、

「うっ……ぐ、ぬ……　……っ!!」

汚されてしまった美顔を、腐臭のする肉塊にねじ付けられたセシリアの嗚咽《おえつ》だけが、この空間を陰惨に、埋めていた。

憎悪と恐怖をねじ伏せた、不敵な薄ら笑いを浮かべたベルトランの前に——。

黒っぽい人影が、砂を撒《ま》くような足音を立てて歩いてきた。

「よ、よう——わざわざ、アンタがこっちの船までおでましとは、な」

ベルトランの声に——その黒っぽい人影は、同じく影のような二人の部下を引き連れてランプの光芒《こうぼう》の下へと歩いてきた。

黒っぽく見えたのは——その男の着ているゆったりしたマントと服、そして頭と肩をすっぽりおおうタイプのターバンのせいだった。顔と手だけを露出させるその服装は、アイ

マール帝国人のそれ、というよりは、アフリカやシリアあたりの砂漠の民のそれに近かった。露出した手と、そして顔は——純血のアイマール人よりは少し、浅黒かった。海原を飛ぶ鷹《たか》を思わせる鼻と、黒い目、そして線を引いただけのような薄い唇をもったその若い男は、ベルトランのような海賊まがいの密輸業者が怖《おそ》れているにしては——。

少年のようにも、見えた。小柄な体躯《たいく》と、まばらな顎髭がその印象を強めていた。

背後に控えているのは、彼の部下らしかった——どちらも、長槍《ちょうそう》を思わせる精悍《せいかん》な体付きのアイマール人で、湾曲した刀と短剣で武装していた。

数呼吸の、息の詰まりそうな沈黙の後——、

「——海が荒れてる。早く商売をすませようぜ」

そのアイマール人は、少しなまったフランス語で、だがはっきりと短く言った。その若いアイマール人は、黒いガラス玉のような両眼で、じろりと船倉の中を見わたし——。

そして、最後に、ベルトランの足元で苦悶している女の裸体を、見た。

「——………」

ベルトランは、このアイマール人をからかい、敬虔《けいけん》な彼らを侮辱するつもりでいたのが——目の前で女に触れることすら禁忌としているアイマール人のはずの、その若い男は、だが黒い双眸《そうぼう》には何の感情も浮かべず——。

ただ、じっと、無残な恥辱と責め苦に喘《あえ》ぐセシリアを見下ろしていた。

けっ、と吐き捨て――思惑のはずれたベルトランは、腹立たしそうにセシリアを床板の上に放り捨てた。

「ぐ、かはっ……！　こ、こほっ……　く、く……」

苦悶と、屈辱の涙を流してセシリアの裸体が震える。

海賊の若者と、その背後に控えた部下のアイマール人の嗅覚《きゅうかく》に、しつこく、男たちの放ったものの悪臭が絡みついた。だがアイマールの若者は、それすらも無視して――セシリアから目を離し、言った。

「物は、これで全部か――」

ベルトランはつまらなそうにズボンの前を閉め、答えた。

「ああ。あんたの注文通りだ。すぐ、あんたらの船に積み込ませるよ」

「ドイツの胴鎧《どうよろい》は数通りそろっただろうな？」

「もちろんだ――イギリスやスペインのなまくらとは違うやつだぜ。値がはったがな。さあて。あんたがわざわざ、こっちの船に来たんだ。支払いを頂いておこうか」

「積み込みが先だ」

「おいおい、こいつは商売だぜ――おたがい、信用してもらわねえとな」

ぼりぼりと、髭面をこすりながらベルトランが凄味《すごみ》をきかせる。

「そうだな」

だがアイマールの若者は、表情ひとつ変えずに、小さく指を立てて背後の部下に合図を送る。部下の一人が、腰に下げていた鎖編みの袋から、小さな革袋をいくつか取り出した。

「全部デュカート金貨で100ずつ、300ある――」

若者の声に、ベルトランの目が小さく輝き、髭面がにやりと崩れた。

「ほう。さすが帝国一の海賊、バハリだな。話が早いぜ。どれ、じゃあ……」

バハリ、と呼ばれたアイマールの若者のほうに、ベルトランは手を伸ばした。

だが――、

「こいつは商売、だったな」

海賊バハリと呼ばれた若者は、密輸船の船長に金貨の袋を渡す代わりに――、

「お、おい……!?」

ベルトランがあせり、後ずさった。

バハリは、腰帯に剣と一緒に突っ込んであった帝国風の飾りが施されたピストルを抜いた。ぎょっとした船員たちの間を歩くバハリは、藁《わら》で包まれていたシェリー酒の大樽の前で止まった。その動作に、ベルトランの顔に汗が浮かぶ。

どうん！　――船倉の中を雷鳴のような銃声が走り、響いて――消えた。

「……ひっ……！」

初めて、銃声に鼓膜を撃たれたセシリアが、うずくまった裸体を固く、震わせた。その

力ない悲鳴に、小さく——バハリの目が一瞬だけ彼女を見て、また元に戻った。

バハリの視線の先には——、

「面白いものを積んでいるな、貴様の船は」

湿った空気に漂うもうもうとした硝煙、そして——銃弾が穿《うが》った穴から、音もなく砂をこぼしているシェリー酒の樽があった。

「こ、こいつは…… な、何かの間違いだ。俺も…… スペ公に騙《だま》されたんだ」

ベルトランは肩をすくめ、バハリに言い訳を続けようとしたが、

「——これで2回目だぜ」

バハリの静かな、笑うような声に——だが、全く笑っていない黒い無感情な目に、ベルトランと手下の船員たちは海につき落とされたようにぞっとし、言葉を失った。

「——砂の詰めてない梱包と、樽だけ俺の船に運んでもらおう。そのぶんのカネだ」

バハリは何事もなかったかのようにそう言うと、部下から受け取った二つの金貨の袋を、無造作に床の上に投げ捨てた。ベルトランは、髭の間からのぞく顔と目に、真っ赤な屈辱と憎悪の色を浮かべたが、黙ってその袋を拾い上げた。

『ドントゥール』の船員たちが、口の中で小さく、異教徒アイマールへの呪詛《じゅそ》や悪罵を呟《つぶや》きながらも、何かにかされるようにして働く。いくつもの梱包や木箱、そして樽が、船倉

から運び出される。

それらの密輸品は、全て――『ドントゥール』の左舷《さげん》に、見事な操船で横付けし、流し錨だけで船体を安定させた海賊バハリの快速ガレー船『アスラフィル』へと運び込まれた。

喫水の高い『ドントゥール』から、巻き上げ機とクレーン、そして船の間に張られた網と手鉤《しゅこう》が、それらにとりついた船員と海賊たちの熟練の手際が、荒れた海の上でもそれらの作業を進めさせていた。

密輸品のあらかたが、『アスラフィル』の甲板の下に納められたころ――。

『ドントゥール』の船倉は、あらかたの荷物を運び出され、がらんとした薄暗い穴倉のようになっていた。

そこに――。

決闘者たちのように、ベルトランと数人の手下、そしてバハリたちが無言のまま向き合い、悪意と侮蔑《ぶべつ》の混じった視線を交わしあっていた。

そして、誰《だれ》もが見捨てたような哀れな姿のセシリアも、そこに取り残されていた。

「うっ……　っ、く――」

男たちに引き裂かれ、踏みにじられてぼろ布と化してしまった服を、セシリアの力ない手がかき寄せ、それを汚されきった裸体に引き寄せていた。船倉の角にわだかまった塵埃《じんあい》のようなセシリアに、誰も注意を払っていないようだった。

だが――。

「…………」

死者のようにうつむいたセシリアも気づかなかったが、あのアイマールの若者の目は、じっとセシリアの髪と、汚されきった背中の線に――静かに、黒いガラス玉のように向けられていた。

「……ふん」

バハリの見ている前で金貨の袋を開き、それらの質を確かめていたベルトランは――悪名高い海賊のバハリ、人喰いバハリの名で怖れられている海賊が、密輸品の代金を文句のつけようのない金貨で支払った事を確かめた。

半分近くまで代金を値切られていたが――もともと、それを予想してふっかけていたベルトランには、これでも充分な実入りだった。彼は腹の中で嘲罵しながら、いかにも大損をして苦り切っているような声で――唾でも吐くように、言った。

「……じゃあ、これでどっちも文句はねえな。商売は終わりだ」

ベルトランが、バハリたちを追い払うように顎をしゃくった時、

「――その女は、何だ？」

突然、バハリが口を開き、ベルトランたちをぎょっとさせた。

「……何だ、って――ただのスケじゃねえか。こいつが、どうした？」

うずくまっているセシリアに、ベルトランが本当に唾を吐いて、言い捨てた。

「どっかの奴隷市で売ってやるまで、俺たちが可愛がってやってたのさ」

ベルトランの声に、背後に控えていた手下たちが追従するように笑った。

「くっ……　うっ、う……」

うずくまったセシリアの瞳が、乱れた髪のあいだから、割れたガラスのように男たちを刺した。その憎悪の視線は、初めて――自分の背後に立っているアイマールの海賊に気づいた。

「――……あっ⁉」

生まれて初めて――異教徒の悪魔を、アイマール人の、しかも海賊を目の当たりにしたセシリアの瞳と顔が、恐怖に凍りついた。海賊の若者は、その恐怖と憎悪をまともに向けられていたが――だがバハリは、表情ひとつ変えずに言った。

「そうか。売り物なんだな――いくらだ？」

「な、なっ……？」

あまりに突然だったバハリの言葉に、ベルトランは面くらい――かすかに笑っているような気味の悪い海賊と、ぼろのようにうずくまる女のあいだに視線をさ迷わせた。

「……‼　……ひっ……⁉」

その言葉を理解してしまったセシリアが、撃たれたかのように身を縮まらせた。

「そいつが欲しい。いくらだ――」

追い打ちをかけるように、ババハリが静かに、言った。

「そ、そうだなあ……」

際どいところで本性を取り戻したベルトランが、にやり、笑った。

「サヴォイアの糞ったれどもにふっかけられたからなあ。100ていどじゃ売れねえぜ」

「そうか――」

何事もなく答えたババハリは、手の中でもてあそんでいた100デュカートの金袋をベルトランの胸元に放り投げた。ぎょっとしたベルトランが、それを反射的に受け止める。ババハリの背後に控えていた部下たちが、不可解そうな顔を見合わせる中、

「あとで、ハーシュを2ポンド持ってこさせる。それでどうだ――」

ババハリの声に、ベルトランは我が耳を疑った。半額以下に値切られても、この場で女を売ってしまう気でいた彼は、舞い込んできた幸運に髭面を歪《ゆが》め、言った。

「だがなあ、子分どもの大事なオモチャだからなあ。あと……」

その言葉が終わらないうちに、ババハリは、すっと腰帯に手を滑らせた。そこに突き差してあったピストルと剣の柄に、男たちがぎょっとした視線を向けるが――ババハリの手は、その奥に差してあった金属製の細い円筒をとって、すいと突き出した。

「ヴェネツィア海軍から奪った夜間望遠鏡だ。こいつもつけてやる――」

これで決まった。このあたりで首を縦にふったほうが利口だと気づいたベルトランは、彼らの間では同じ重量の金にも等しいその品物を海賊の手からひったくって、自分のポケットにねじ込んだ。ヴェネツィア共和国が禁輸品にしているこの望遠鏡は、金よりも麻薬《ハーシュ》よりも、彼ら船乗りにはのどから手が出るほど欲しい品物だった。

「ハハッ、やけにご執心だな。まあ、いいか――連れて行けよ」

ベルトランが弛む頬を隠そうともせず、バハリに顎をしゃくった。

バハリがうなずき、背後の部下たちが動くと――、

「あ、あ……!?　い、いや……!!」

セシリアの瞳が、恐怖すら覆いつくす絶望でどす黒く染まった。逃げることもできない彼女の細腕を、屈強なアイマール人たちの手が捕らえた。

「いっ、いや……!!　たす、けて……!!」

だがここには、いや、この世界には――彼女の哀願に耳を貸す者は、いなかった。

子供のように引きずり立たされ、男たちの凌辱の痕《あと》がべったりと残る裸身を曝《さら》されたセシリアの口から、熱病に冒されたような力ない悲鳴が漏れた。

「お、おね、がい……　い、いや…………」

殺してほしかった――。

悪魔より穢らわしいアイマールの異教徒たちに買われ、慰み物となるぐらいなら——。

いや、もっとおぞましい、想像もつかない地獄に堕されるくらいなら——。

セシリアはこの場で殺して欲しかった。死を、願ったが——。

ここには、その願いを叶えてくれる者すらいなかった。

「連れて行け——」

静かな声でバハリが命じると、アイマールの海賊たちは、重さのないようなセシリアを両側から担ぎ上げ、歩き出す。初めて、満足そうな笑みを見せたバハリが、くるりと踵を返した時だった。

「え、えへ……　待て、よう……！」

海賊たちが、妙に下手に出ていたことを誤解したのか——ベルトランの手下の一人が、種豚のように太った男が、さかった犬のようにセシリアに手を伸ばした。

「行っちまう前によう、もういっぺん、な、しゃぶってくれよう！」

男の手が、セシリアの乳房を、背後から弄ぶ。

「ひっ！　い、痛！　……いやあ!!」

そのセシリアの悲鳴が消えるよりも——ベルトランたちの下卑た笑いが消えるよりも、バハリの手下が動くよりも——速く、バハリが一歩、動いた。

次の瞬間——。

歯の浮くような、鋼の噛み合う鞘走《さやばし》りの音が船倉を走って消えた。

肉の断たれる音すらしなかった。首の片側を、赤い線でもひいたように斬《き》り裂かれた種豚男の口から、声にならない断末魔の息と鮮血が漏れ——バハリの両刃剣が一閃《いっせん》した首から、霧のような動脈出血をまきちらして男はセシリアから離れ、どうと倒れた。

「……ぎ、ひ!! ひっ、ひ、い……」

「ひっ……!! あ、あ……!?」

目の前でもがき、血をまき散らす男を直視してしまったセシリアが悲鳴を上げる。

「……!! ——てめえ……!!」

一瞬遅れて、何が起こったか理解したベルトランと手下たちが殺気立った。

「なにしやがる!! ぶっ殺されてえか!!」

だが、バハリは——床の上でのたうつ肥満体に、静かな目を向けたまま——剣を、すいと部下の一人に向けた。その部下が、自分のマントで剣先の血脂を丁重に拭《ぬぐ》う。

それを鞘にしまったバハリは、男たちの背筋が凍るほどの声で言い捨てた。

「そいつは俺の女だ——汚え手で触るな」

くっ、とベルトランたちが気圧《けお》されると——バハリは、背後を全く気にせず、船倉の出口へと歩き去って行った。彼の部下が、再びセシリアを捕らえた手に力を込めると——、

「いや、いや……! やだ、助けて……!!」

汚れた裸体を、力なく暴れさせているセシリアに、

「けっ……!! 淫売が、その異教徒と一緒に地獄にいっちまえ!!」

ベルトランが、これ以上は無いというくらいの憎悪がこもった罵声を向けた。

「あ、あ……　い、いや…………」

それが救いだとしたら——セシリアは、ようやく気を失うことができた。

*

——ここは、どこだろう………。


最初に思ったのは、そのことだった。

いつ、自分が目覚めたのかも解らなかった。

セシリアは、ぼんやりした知覚の霧の中で、また——。

(ここは……　どこ……?)

そのことを考え、再び暖かな眠りの中に沈み——。

しばらくして目を覚まし、そしてまた——。

(ここは…………——…………あっ……!!)

セシリアの体が、鞭打《むちう》たれたように一瞬で跳《は》ね起きた。

「あ……！　あ、あ……わたし………!?」

目覚めたとたんに、どす黒い絶望と恐怖が、記憶の中から彼女に襲いかかってきた。

（わたし………!!　あの異教徒たちに………!?）

セシリアは、地獄以下の凌辱と絶望の日々を思い出してしまい、熱病患者のように身を震わせた。強張《こわば》った腕と指が、自分の体に食い込むように震え――――。

「あ、あ……あ………??」

セシリアの指と、そして肌が感じたのは、男たちに汚された自分とぼろ布の感触では無かった。まったく違う、柔らかで絹のような生地――。

（――……えっ……？）

セシリアはようやく、今、自分がいる場所と現状に目を向けた。

分厚い板張りの、狭い部屋――音もなく燃えている蜜蝋《みつろう》のランプ、空気に混じっているタールと何かの香料の匂《にお》い。そして――ベッドではなく、クッションや絨毯《じゅうたん》を重ねて作った寝床で起き上がっている自分。

セシリアが身にまとっているのは、あの密輸船で引き裂かれたぼろ布ではなく、目にしみるほど真っ白な生地の、子供の着るような貫頭衣だった。それは最上級のインド木綿で作られた下着だったが、セシリアの初めて見るものだった。

「……？　わたし、いったい…………」

何もかも、解らなかった。

なぜ、あの密輪船で男たちの手洗い桶のようにされていた自分が――異教徒の海賊に買われた自分が――こんなところに…………？？　セシリアは、自分が眠っていたクッションの、古びているが豪華な刺繍《ししゅう》に目を見張り、そして、

（じゃあ……　ここは、あの――人殺しの、異教徒の船…………！）

全ての現実が、重く、セシリアの心を押しつぶした。

（そうだ……！　わたし、あの海賊に買われて、あいつの船に…………）

恐ろしさと絶望は、彼女から悲鳴も、涙すらも奪い去っていた。再び、熱病に襲われたようにセシリアの体は震えだした。

（もう…………　――いや…………　死にたい……　死んじゃいたい…………!!）

密輪船での――そしてその前の、サヴォイアでの地獄以下の日々、その最悪の記憶に、異教徒への恐怖がどす黒く混じってセシリアを苛んでいた。

だが、セシリアの心の奥底の、どこかで――。

何かがおかしい、と気づいている部分があった。

どうして自分は、こんな上等そうな服を着せられ、暖かなクッションに包まれて眠っていたのだろう……。どうして、自分の腕にも脚にも鉄枷《てつかせ》ははめられていないのだろう？

なぜ自分は、まだ異教徒の悪魔どもの慰み物にされていないのだろう……？

恐怖と絶望、そして答えの見えない疑惑に捕らわれていたセシリアの耳に——。

がちゃ、と——壁の一画から、板張りのドアの向こうで響いた音が飛び込んできた。

「ひっ……!!」

セシリアの唇から悲鳴が漏れた。だがその音は、何事も無かったように数度続き、それが鍵《かぎ》を開けた音だとセシリアが気づいた時には——開いたドアの向こうに伸びる薄暗い廊下を背に、白っぽい人影が揺れた。

その人影は、セシリアのいた部屋に入ってくると——幼い獣のように、寝具の奥に身を縮めているセシリアに視線を向けた。

「い、いや………」

セシリアの力ない悲鳴に、その人影は——灰色がかった白の長衣を来た初老の男は、同じような色のターバンと白髭のあいだの顔に、何か、困ったような表情を浮かべた。

その老人は、何かの包みを足元に置くと、セシリアのほうに手を伸ばした。

セシリアは、凍りついたような恐怖の瞳を男に向けた。だが男は、その困ったような表情のまま、その髭の合間から——意外なことに、

「——心配ない、よ。傷を見せ、てもらうだけ」

ぎこちないが、ほぼ完璧《かんぺき》なイタリア語で老人はセシリアに言った。

「……えっ…………!?」

その言葉に、セシリアが困惑しているあいだに――すっと伸びてきた老人の手が、セシリアの腕を取っていた。びくっ、とセシリアが震えたが――老人の手と、目は、さっと彼女の腕を看《み》て、そして、そっと離れた。

「――だいぶ、いい。君は元気に、なる。なった。あとで……」

そう言って老人は、持ってきていた湯気を立てている小さな手桶をクッションの横に置いた。その桶の中には、真っ白な布が浸っていた。

「――これで体、拭きな、さい。薬は、もう剥がして、いい、よ」

その老人の言葉が終わって、初めて――セシリアは、自分の腕や太腿に、何か白い絵の具を擦ったような、乾いたパン生地のようなものがいくつも張り付いているのに気づいた。

（……？　――えっ……　まさか、薬……　まさか、手当てしてくれたの……？）

そこは、思い出したくもない――鉄枷やむき出しの板、そして男たちの暴力で痛めつけられた場所だった。そこには、どんな奇蹟《きせき》が起こったのか――痛みが消えうせていた。

セシリアが、恐怖から困惑にかわった瞳の色を、初めて老人に向けた。その、明らかに西欧人ではない老人は、ターバンの下に隠れてしまいそうな目で、穏やかに笑った。

「――あんたは、何日も眠って、いたから……　体を洗って、手当て、した、よ」

「…………!?」

その言葉に、初めてセシリアは気づいたが――自分の体には、もう、あの吐き気のする男たちの凌辱の悪臭は、みじんも残っていなかった。踏みにじられていた髪も――海水ではなく、ちゃんと真水で洗ってもらったのだろうか、遠い昔の、絹糸のような柔らかさと光沢を取り戻しかけていた。

セシリアが、自分の体に、それが自分のものでは無いような目を向けていると――老人は、部屋の外に置いてあった籠《かご》を取ってきて、その中身を床に並べた。

刺繍のされた敷布を広げた老人は、その上に、こげ目のある平べったいパンのようなものを数枚と、細く千切った何かの肉を、そして素焼きの瓶を並べる。

「――食べな、さい。平気だ、から」

セシリアの瞳に、ある種の恐怖を見て取った老人は、困ったようにそう言うと、パンの端を千切って自分の口に入れた。

「――毒、入れたりしない、よ。食べたら、また眠ると、いい」

老人は言葉を探すようにしてゆっくり話し、そして――部屋から、出て行った。

ばたん、と扉が閉まってセシリアを怯えさせたが――鍵の閉まる音は、しなかった。

「…………い、いったい……　なに…………」

なぜ自分が、こんな扱いを受けているのか――セシリアには、まったく解らなかった。

そして、一人に戻ると――ようやくセシリアは、気づいた。

沈黙の中に、永久の調べのように続いている様々の音が混じり、彼女を包んでいた。

（……波……船…………？）

頑丈な木材が、波を切り裂き軋む時の音。ひどく遠く感じる、波の打ちつける音。それに混じった、何かが打ち鳴らされるような器具の音に、明らかな人間たちの足音――。

「じゃあ……　ここは、あの海賊の――船………」

再び、吐き気のような恐怖がセシリアを襲った。

「くっ、う………！」

それは本物の嘔吐感となってセシリアの息を詰まらせた。無意識のうちに、彼女の手が口元に、そして――うずくまった腹部に伸びて――ぎこちなく、固まる。

「うっ……　うくっ……　く……」

苦しそうな息づかいは、次第に嗚咽に変わっていった。

今、この理由の解らない安寧が、かえって彼女を苦しめていた。この静かな部屋とやわらかな寝具、そして手厚い看護が、かえって過去の悪夢をかきたてているようだった。

そしてそれ以上に――彼女だけに解る、自分の体の奥底で起きている変化が、どうしようもないほど残酷にセシリアを打ちのめし、自分すらを憎悪させていた。

「う、くっ……　く……　――く………！」

しばらくすると――セシリアの嗚咽が、言葉に変わった。

「く…… ――ち…… ちく、しょう…………！」

自分でも耳を疑うほど、品の悪い言がセシリアの食いしばった歯の間から漏れた。

「ちくしょう……！ くそっ…………… こんな、の…………！」

幸せだった、ただの田舎娘だったあのころ――。

貧乏貴族の両親に騙され、売り飛ばされて――。

サヴォイアの王宮で、犬のように犯されて――。

そのあと、ずっと男たちの玩具にされてきて――。

そのすべてが、そんな運命が、弱い自分が――すべて――――。

「ちくしょう………!! 畜生………!!」

セシリアの藍色《あいいろ》の瞳から、ぽろぽろと、際限なく涙がこぼれ落ちた。

その彼女の手が、目の前に置いてあった敷布の上の食事に伸びた。

もう少しで――それをひっくり返して打ち捨ててしまいそうになったが――セシリアの手は、一枚の薄焼きパンを、何かから奪うようにしてつかんだ。そのまま、彼女の手はパンを嗚咽に歪んだ口元に運び、小さな白い歯のあいだに押し込むようにして――呻く。

「……畜生………」

ぽろぽろ涙を流しながら、蜜と脂の塗られたパンを口に押し込み、素焼きの瓶から酸っぱいぶどう酒でそれを飲み下す。数回、それを繰り返すうちに、セシリアは自分がどれほど空腹だったかを思い出し、あとは、人には見せられないような勢いでそれらを貪った。

＊

あの老人が運んでくる食事を、何か動物のように詰め込み、そして眠り――。

日が覚めると、何も考えないようにして、ただ波と船の軋む音だけを聞いて――。

ときおり、どうしようも我慢出来なくなって泣き、手洗い桶の中に吐き戻し――。

そして、また食べて、眠る――。

何度それを繰り返したか、セシリアにも解らなくなったころだった。

「……ね、ねえ……」

初めてセシリアは、食事を運んできた老人に向けて、口を開いた。

「――……」

「……ねえ、どうして――わたしを、こんな……」

食事の籠を置いた老人は、何も言わず、何の表情も浮かべず、いつも通り立ち上がる。

「ねえ、待ってよ……！　どうしてあの男は、わたしを買ったりしたの……!?」

セシリアは、この船の部屋で目覚めた時から、ずっと心にわだかまっていた疑問——そして恐怖を、無言の老人に問いかけていた。

彼女は、ずっと——自分がこの船でも、あの密輸船の時と同じように慰み物にされるのだと信じ込んでいた。それどころか、異教徒に死よりも恐ろしい辱めを受け、殺されるのだとずっと思いこんでいた。食事が運ばれてくるたび、そして外の廊下に何かの足音が響くたび、セシリアは恐怖に気が狂いそうになっていた。

その恐怖は、日増しに強くなっていっていたが——だが、恐ろしい異教徒たちの凌辱はその気配すら感じられず、ただセシリアの中の疑心暗鬼だけが大きくなっていっていた。

そしてついに——彼女は、声を出していた。

「ねえ、ったら……！　答えて……！　——どうして、よう…………!?」

その、半ば苛立ちの混じったセシリアの声にも、老人は何も答えなかった。

だが老人は、部屋を出てゆく時——、

「…………？　——えっ…………？」

老人は、扉を閉めず、そのまま薄暗く狭い廊下に姿を消した。

「——…………なに…………？」

セシリアは、しばらく動かなかった。だが、彼女の瞳に決意と、そしてあきらめのような色が浮かぶと、セシリアはゆっくり立ち上がった。

どういうことなのだろう……？　――セシリアはその疑惑だけをぐるぐると考えながら、寝床のなかから、薄い敷布を取り、それを下着の上にまとった。そして危なっかしい足取りで、立ち上がって――開いたままの扉まで、進む。

「――…………」

思ったよりも低い天井に、つい、身を屈《かが》めてしまう。扉から出ると、そこは――廊下だと思っていたその暗い場所は、木箱や梱包がみっしりと詰め込まれた倉庫、のようだった。その倉庫も、思ったよりも狭く――あの密輪船の忌まわしい記憶のそれとは違い、何か、穴倉のような印象があった。

振り返ると――自分のいた部屋は、その倉庫の片隅に造られた、たぶん片方の壁はそのまま船の外殻になっているような小部屋だと解った。そしてその部屋の隣にも、同じような扉がひとつ、こちらは閉じたままになっていた。

セシリアは、数度、首をかしげただけですべてが見て取れるその空間を、進んだ。ときおり頭上の、タールで真っ黒の天井板の向こうで足音や器械の音が響き、セシリアの体をびくっと震わせた。何度か、彼女はまたあの部屋に戻ろうかと思ったが――あの部屋ではよく聞こえなかった、波と、そして風の音に勇気づけられ、セシリアは足を運んだ。

彼女の足が、ごつい板を組んだ階段の前で停まった時――、

「……!!　あ、あ………!?　……あ――」

階段が上へと伸びている方向に——天井が、甲板が、ぽっかりと大きな穴を開けていた。

鋼鉄で補強されたその出入り口からは、そこを覆う帆布の天幕が見えていた。その合間からのぞいていた、真っ青な色と眼を刺す日光が、セシリアを驚かせていた。

さあっと、暖かく清浄な風が吹き抜け、天幕をばたばたと勝ち誇ったように鳴らす。

(……外、だ…………！　お日さま、が…………!!)

もう、我慢できなかった。

セシリアは階段に足をかけ、天幕を腕と頭で押しのけて、太陽と風の中へと抜け出した。

「……っ！　う、わ…………！」

一瞬、目が焼かれてしまったかのような痛みに襲われた。それが消える前に、涙を浮かべながら青の瞳を開いたセシリアの目に——、

「……あ、あ…………！」

完璧に晴れ渡った青空が、筆で刷いたようなちぎれ雲が——そして高くそびえる帆柱と巨大な三角帆、その影で揺れている小さな太陽が、すべて、一瞬で飛び込んできた。

セシリアがあの地獄に落されてから——初めての太陽、そして風だった。

セシリアは、あの時から、初めて——涙を浮かべながら、少女のようにほほ笑んでいた。

頼りない足取りで階段を上がり、帆柱にもたれ掛かったセシリアは、しばらくのあいだそうやって、風と陽光の中に浸って、眼を閉じ、ささやかな喜びに浸っていた。

どれくらいそうしていただろう――。

ふと、自分の置かれている境遇を思い出してしまったセシリアは、怖々と開いた目を、ゆっくりと周囲に向けた。

彼女が想像していた船、そしてあのおぞましい密輸船の記憶とは、この船はどこか違っていた。セシリアに船の知識があれば、この船が『ドントゥール』のような太った帆船とは違い、水鳥か魚のように細い、快速のガレー船だと解っただろう。だが今は、櫂《かい》をすべて甲板に引き上げ、まさしく水鳥の翼のようにたたんでしまっているこの船は、黒い船体で波を切り、奇妙な形の帆いっぱいに風を孕《はら》んで疾走していた。

本来ならば漕ぎ手がずらりと並ぶ両舷には、ただ簡素な腰かけと、並べられた真っ黒な櫂だけが置かれ――そこを、ときおり、ターバンと長衣、という姿の水夫たちが忙しそうに行き交っていた。

「――…………!!」

再び目にしてしまった異教徒の姿に、セシリアの体が凍りついた。

だが――水夫たちは、海賊のはずの異教徒の男たちは、特にセシリアには注意を向けず、急ぎ足で行き交ったり、何かのロープを操作したりと、皆が忙しそうに立ち働いていた。

誰ひとり、あの密輸船の男たちのように、酔っぱらったり怠けたりなどしていなかった。

それどころか――、

「あ、あ……!?」

ようやくセシリアは気づいたが、彼女が帆柱に身を預けているあいだ——そこで働いていた男たちは、少し離れた場所から、何か困ったような苦笑いを浮かべてセシリアのことを見ていた。

セシリアは、後ずさるようにして帆柱から離れたが——すぐに、揺れる甲板に足を取られそうになって、あわてて、また帆柱に手をついた。

その彼女の背後で——いきなり、愉快そうな笑い声が起こった。

「ははは っ。転ぶなよ、せっかく——」

あわてて振り返ったセシリアの目に、

「……!?　——……あ……!?」

その笑い声と同じく、彼女の記憶の中にあった黒い影が——いつの間にか、すぐ近くに立って、セシリアをじっと見つめていた。

「——元気になったみたいだな。よしよし。老イサクも喜ぶぞ」

そう言って、愉快そうに笑ったその若い男は——あの『ドントゥール』の船倉でセシリアを買い取ったあの海賊——人殺しのベルトランを犬のように怯えさせ、そしてその手下を眉《まゆ》一つ動かさずに斬り捨てた、あのアイマールの若者だった。

「あ、あ、う………」

セシリアは、恐怖を隠すことができなかった。目の前に、またあのブタ男が血を吐き散らして倒れる光景が甦《よみがえ》ってくるようだった。セシリアはその背後を帆柱に塞《ふさ》がれた形で、その黒衣の若者の前で、ただ、恐怖に目を見開いていた。

だが——その若者は——線を引いただけのような唇でニッと笑い、黒いガラス玉のような目を細くしてセシリアに言った。

「そんなに怖がるな。この船には、女を乱暴するような豚は乗ってない」

「……えっ…………？」

初めてセシリアは——その若者が、少し南部の訛《なま》りがある、だが完璧なイタリア語で自分に話しかけているのに気がついた。そして、怖々とその海賊の顔を盗み見ると——愉快そうな笑みを浮かべたその浅黒い顔には、どこか、子供っぽいような雰囲気があった。アイマール人を初めて見たセシリアには、その異国人がどれくらいの年齢なのか、まったく解らなかった。もしかしたら、自分より年下かもしれないなどと、セシリアは到底あり得なさそうなことまで考えてしまう——そんな雰囲気が、この若者にはあった。

到底——あの外道なベルトランを怯えさせ、一刀で人を屠《ほふ》る海賊には見えなかった。

「ん？　どうした——俺がそんなに珍しいか？」

不意にその海賊は——バハリ、と呼ばれていたその若者は、セシリアをからかうように言った。セシリアは自分が無礼なほど、じっと、彼を見つめてしまっていたことに気づき、はっと顔を背け――少し、頬に赤みを浮かべた。

「な……　なんでも、ない……　わ――」

「そうか。アイマール人を見るのは初めてみたいだな。別に――」

バハリは、セシリアのほうにずい、と顔を近づけ――、

「……え、えっ⁉」

セシリアが怯え、目をつむりそうになったその前で――バハリは指で唇を広げ、黄ばんだ丈夫そうな歯並びを、にっと見せつけ――言った。

「ほれ。牙《きば》も生えてないし、耳もとがってないだろ？　あんたたちと変わんないだろ？」

「――…………」

その、あまりにも子供っぽいしぐさにセシリアが言葉を失っていると――バハリは急に、彼女から身を離し、部下の一人に手で小さく合図を、そして早口のアイマール語で何かを命じた。

水夫の一人が船倉へと姿を消すと、バハリはすっと、セシリアに手を伸ばした。セシリアがその意外とごつい手指の意味に戸惑っていると、

「ほら、つかまらないと転ぶぜ。　……俺の部屋でコーヒーを飲もう」

「……？　えっ…………」

彼が何を言ったのか、理解できなかったが――だがセシリアは、このバハリという男の

命令に逆らうことは出来ないと、悟り、そしてあきらめていた。セシリアは怖々と手を伸ばして、バハリの腕を取ると、男に引っ張られるようにして、また船倉の中へと戻って行った。

この海賊船の船長であるバハリの部屋は——信じがたいことに、あの、セシリアがいた小部屋の隣だった。

その中で、そこだけは西欧風のベッドにセシリアは腰かけさせられていた。小さな部屋の中には、足の踏み場もないほどごちゃごちゃと物が置かれていた。その中の、小さなテーブルの向こうでは、何か悪戯《いたずら》っぽいような目をした海賊が、満足そうにセシリアを見つめていた。

それとは逆に、セシリアは——隠せない苛立ちが棘《とげ》を立てた青い瞳を、床の片隅に向けていた。内心、恥ずかしく——そして腹立たしかった。

板一枚向こうで、自分がずっと、ものを食べたり、泣きじゃくったり——吐き戻したり、それどころか、用を足していたその時も、目の前の男がこの場所にいたという事が、セシリアには耐えがたいほど恥ずかしかった。

セシリアは貝のように押し黙り——そしてバハリも、何か子供っぽい笑みを浮かべてセシリアを見ているばかりで、二人とも、何も話さなかった。

その沈黙の中に――さっき甲板でバハリに何かを命じられた男が、両手で大きな銀盆を捧げ持ち、部屋に入ってきた。その男が、丁重な手つきでテーブルの上に何かを並べ出すと、セシリアは好奇心に負けた視線を、ちらとそちらに向けた。

彼女が初めて感じる、焦げたような香ばしい匂い――それを放っているのは――カタイ《中国》のものだろうか、花のように可憐な陶磁器の茶碗《ちゃわん》と、そしてこれも見事な銀製の水差しのような器だった。男は、その銀のポットから、湯気を立てている液体を二つの茶碗に注ぐと、バハリに恭《うやうや》しくお辞儀をし――足音も立てずに部屋から姿を消した。

（……？　なに、この真っ黒なのは…………？）

セシリアが、鼻の奥がつんとするほど匂いの強いその液体に目を向けると、

「そうか。コーヒーは初めてか――熱いぞ、気をつけてな」

愉快そうに言ったバハリは、茶碗を指で摘《つま》み――行儀の悪い音を立てて中身をすすった。

セシリアは、このどろりとした熱そうな黒い液体が飲み物だとは信じられず、気味悪そうな目を、茶碗の中に向けていた。

「――飲めよ。苦いけど、砂糖がたっぷり入れてあるからな。それに飲むと頭がすっきりするし、船酔いの吐き気もおさまるぞ。……ほら」

バハリの言葉に、セシリアは恐る恐る、両の手で熱い茶碗を包み、それを唇に運んだ。

「……っ、――にがい…………」

一口だけ含んだセシリアが思わず言葉を漏らすと、バハリがまた、愉快そうに笑った。

「そのうち、クセになるさ。飲めよ――元気が出るから」

ゆっくりと茶碗を傾ける男を見ながら、セシリアはあきらめたような様子でコーヒーという黒い液体を、含み、嚥下《えんか》した。それは、数口のあいだは舌がしびれるほど苦く、炭を噛んでいるような匂いがしていたが――そのうち、なぜか気にならなくなった。それ以上に、彼女が初めて味わった大量の砂糖の甘みのほうが強烈だった。喉が痛くなるほど甘いそれを飲み、そして器を干すと――茶碗の底に、どろっと溜まっていた粉がセシリアの口に気味悪く流れ込んだ。

「うっ……　くふっ……」

「ははっ。コーヒーかすを飲んだな。すまんすまん――言っておけばよかったなあ」

やはり、子供のように喜んだバハリは――すいと、自分も干した茶碗を、これも華麗な陶磁器の皿の上に逆向きにして伏せた。そして、

「ほら、貸してみろ――」

バハリはセシリアの手の中から茶碗を取ると、それも、彼女の皿に伏せて置く。

「……なに、してるの……？」

とつぜん触れた男の指に、驚いてしまったのを隠そうとしてセシリアが尋ねた。

「ああ、これか――まあ、もう少し待ちなって」

雰囲気だけは、本当に男の子のようだった。肩を揺らして笑ったバハリは、テーブルの上で組んだ指ごしに、細めた目をじっと、セシリアに注いでいた。

「な……　なに、よ……？」

「いや。べつに――」

そう言ったバハリは、男の視線にうつむいてしまったセシリアを、じっと見ていた。

セシリアは、眼を閉じても逃げられないような男の視線の中で、身を固くし――今は、恐怖よりも、絶望よりも彼女を苛んでいる、困惑という感情に耐えていた。いっそのこと、この男が自分のことを辱めたり、殺してくれたほうがましだと思ってしまうほど、セシリアは戸惑い、そしてついに――、

「あ、あの…………」

セシリアは顔を上げ――若い海賊に、藍色の視線と、困惑した言葉を向けた。

「どうして……　あの……　わたしを、あの連中から……　――買ったの……？」

答えは絶望だと解っている――そんな質問をした彼女に、バハリは、

「あんたを買った理由――だって？　そんなもの、決まってる」

若い海賊は、酷く簡単なことを尋ねられた父親のように、さらっと言った。

「あんた、綺麗《きれい》だからなあ――」

「……！　……って…………！　な、なに、何……　言ってるの……!?」

「やっぱり俺の目に狂いは、無い。あの腐った乳で育てられたろくでなしのフランス野郎どもは、性根どころか目まで腐ってる――あんたを、あんなに汚くしておくなんてなあ」

「えっ……　――いったい……」

「こうして――――」

バハリはそう言って、気だるそうな手つきで自分の茶碗をとって裏返す。

「俺は、な――綺麗な女を見ているのが好きだし、綺麗な女とこうやって話すのはもっと好きだからな。それが、自分好みの女だったら最高だ」

男の言葉に、セシリアは、恐怖すら押し流す困惑に支配されてしまっていた。その彼女をいたぶるかのように、バハリは言葉を続けた。

「最初に言っておくが――俺は、あんたを助けた……　えっと、そう。騎士じゃ、ない」

「…………？」

「俺は――あんたがどうして、あんな泥船に乗せられてたか、なんて聞くつもりはないし知りたくも無い。それと同じくらい……　俺は、あんたを手放す気は、無い」

気づくと――若い海賊の声は、セシリアを凍りつかせるほど静かで、冷たくなっていた。

「俺は、あんたを西欧の故郷まで連れてって、逃がしてやるような――騎士じゃ、ない。いくら泣いて、頼んだりしても無駄だ。それだけは最初に言っておかないとな……」

「わ……　わたし……………　そんなこと、しないわ…………!!」

必死に、唇を震わせるようにしてセシリアは言った。その彼女の前でバハリは――、

「……まあ、その話は後だ。夜にでも――」

言葉を切ったバハリは、手の中に握っていた茶碗の内側を、何かつまらなそうな視線でじっと見ていた。

「……やっぱりな。いつもと同じだ――ははは っ……」

「……？　な、なに、が……？」

「――ああ。占い、だよ。茶碗の裏側を流れたコーヒーのかすで、占うんだ」

どれ――と言って、バハリは伏せてあったセシリアの茶碗を取った。

「今度、あんたにも卦《け》の見方を教えてやるよ。えっと、あんたの卦は…………」

つい数呼吸前とは、打って変わって、子供っぽい笑いを浮かべたバハリは、セシリアの茶碗の中を一瞥《いちべつ》し――首をかしげて、言った。

「おお。ちゃんと卦が出てる――新しい春、いや、花《フロラ》かな…………？」

「……？　春……？　花って、いったい何のこと……？」

「まあ――意味なんて無いさ。ただの遊びだ。卦の出ない時のほうが多いんだ」

くすくす笑って茶碗を返したバハリに、セシリアはなんとなく、言った。

「じゃあ……　その、あなたの占いは……　――なんだったの？」

「俺か――」

不意にバハリは、ふう、と大きく息を吐き――椅子《いす》に、大きく身を沈ませた。そしてターバンの奥の髪でも掻くように、手を頭上でさまよわせる。

「……無意味な、死――――」

「えっ……!?」

「無意味な死――だよ。こいつが不思議なんだがな……　俺がやると、卦が出た時は絶対にそう、出る。いままで何百回もやったが――卦が出ると、絶対にそれだ」

どう答えていいか解らないセシリアが、落ち着かない視線を男からそらした。

「その……　さっき――占いに意味なんて、無い、って………」

「でもさすがに、ずっと、何百回も続くとな。まあ……　海賊なんていう商売をやってるんだ。まっとうな死に方が出来るとは思っちゃいない。だがな――無意味な死、だ。怖くは無いが………　ひどく虚《むな》しいじゃないか。たとえ魂は、唯一神の御許《みもと》に逝くとしても――俺がこの世界にいたのは無意味、ってことみたいで、ひどく……　虚しい。こんな占いなんて知らなきゃよかったって思うよ」

「――………」

「だから、俺は――その前に、どうしてもしておかなくちゃいけない事があるし、どうしても、欲しいものが、ある」

「えっ………」

また男の視線が、じっとセシリアを見つめていた。

だが今度は――愉快そう、というよりは何か、考え込んでいるような――目をしていた。

そしてバハリは――無言のまま立ち上がって、セシリアを少し怯えさせた。

海賊は、部屋のドアを開けると、

「――風が変わった。しばらく野郎どもに櫂を使わせなくちゃならない。あんたは――」

そのまま振り返らずに背後のセシリアに言った。

「自分の部屋に戻っていろ。また夜、俺の部屋に来てもらう――」

「……えっ……　――……あ………」

男の、吐き捨てたかのような冷たい言葉は、少ししてセシリアに、その意味を悟らせた。

「……く、っ………!」

セシリアは、あの若者に感じていた困惑――その奥底に小さく生まれていた、好奇心のような奇妙な感情を、首を振って追い出した。そして、じっと歯を噛みしめ、可憐な色合いの陶器に、悔しさと無力感の涙で曇った、藍色の視線を落とした。


部屋に戻った彼女は、その夜、運ばれてきた食事に初めて手をつけなかった。イサクというあの老人は、それを咎《とが》めることもなく――そのあと、セシリアの前に一つの衣装箱を運んできて、置いた。

その衣装箱を、仇敵《きゅうてき》に向けるような視線で見たセシリアの前で、老人は――、

「――着方は、わかる、ね。これを着な、さい」

そう言って老人は、衣装箱を開き、そこから――、

「服と、下着。靴も、ある――」

古着なのだろう。セシリアが生まれる前くらいに流行った西欧宮廷のドレスが、だが真珠のような絹の輝きを失っていない高価そうなドレスが、そこから姿を現した。

「………！」

セシリアが無意識のうちに、その生地に手を伸ばすと――老人は、紙に包まれた下着と靴を彼女の前に置き、言った。

「――命令したく、ない。着て、くれないか」

その言葉は、彼女への憐《あわ》れみが感じられたが――だがそれ以上に、あの海賊の若者からの命令の絶対さが、あのコーヒーという飲み物よりも黒く、満ちていた。

「――……わかった、わ………」

セシリアがかすれたような小さな声で答えると、老人は頷き、部屋から出ていった。

「…………っ、くっ……！　ちく、しょう………！」

セシリアの唇から――自分でも嫌になるような、汚い悪罵の声が漏れた。それと一緒に、両の瞳から、血のように滲《にじ》み出した涙が頬を汚した。

そしてセシリアは、あの時からずっと着ていた貫頭衣を――脱ぎ捨てた。

「――…………っ、っ……！　く、う…………！」

音もなく燃える蜜蝋のランプの下で――セシリアの、磁器のように滑らかな肌と亜麻色の髪が、揺れた。男を完全に狂わせる色香を放つ裸身が、見る者のない光源の下に姿を現した。すでに、密輪船の男たちが汚し辱めた痕は、その花開いたような彼女の体には残っていなかった。だが、

「――……くっ…………！」

もしこの時、彼女の手に刃物があったなら――セシリアは自分の肌を、男たちが涎《よだれ》を垂らしそうな乳房を、腰を、そして顔すらも切り裂いて、この無力な体と命を棄《す》てていたかもしれなかった。

だが――セシリアは身を屈めると、包みの中から、紙細工か雪のように華奢《きゃしゃ》な下着を取り、それを――ゆっくりと身に着け始めた。

＊

セシリアには、高価なドレスを着せられる、という行為自体に、憎悪といって言いほどの拭いがたい嫌悪感があった。もちろん――。

そんなことを、彼女の目の前の男が知るはずもなかった。

海が荒れてきたのだろうか――床が、いや、狭いバハリの船室自体は、ぎしぎしと軋む竜骨の上で、ゆっくりと揺れていた。それに合わせて、蜜蝋のランプも白っぽい灯を不安げにまたたかせる。部屋の中の女と、男の顔に、淡い陰影が揺れていた。

「――…………」

この時もベッドに座らされたセシリアは、スカートの上で両手を握りしめたまま、息もしていないかのように、本物の人形のように――動かずにいた。

男のほうは――そんな彼女に苛立つでもなく、ただ、満足そうに細めた黒い瞳を、じっと女の姿に注いでいた。浅黒い顔に、物憂げに指を這わせ、ターバンの端飾りを弄ぶ。

部下の男が、部屋に酒器を運んできた。

海が荒れた時でも大丈夫なように作られた、オリエント産の底の広い器を二つ――そして、蔦《つた》を編んだ籠に包まれたガラスの酒壺《さかつぼ》を置いて、無言のまま男は立ち去る。

「――あ……　あ、あの……」

セシリアの心が、この沈黙に堪え切れなくなってきた時、ようやく、バハリが動いた。

酒壺を取った彼は、木の蓋を歯でくわえ、蜜の色をした酒を二つの酒器に注いだ。

「ほんとは、あんたに酌をしてほしいんだがな――」

「……あ…………　で、も…………」

セシリアが言葉をつまらせると、バハリは金とガラスの溶けあったような器を取り、

「アレキサンドリアで積んだ巴旦杏《はたんきょう》の酒だ。とっておきなんだぜ」

そう言って、中身を愉快そうに笑っていた薄い唇に流し込んだ。

「ああ――俺はアレキサンドリアの生まれでな。この匂いを嗅《か》いだだけで泣けてくる」

「……そ、そう……」

セシリアは、ドレスを着せられた時からあきらめ、絶望していた――だが、思っていたのと違い、この異教徒の男は、彼女の肌に爪をかけることもせず、どうしてか――故郷の話などして、スモモの酒を舐めているだけだった。

そのことが――セシリアを、不安よりも、困惑で落ち着かなくさせていた。

彼女は話すかわりに自分も酒器を取り、とろりとした酒で舌を湿らせた。ぶどう酒とはまったく違う、何か花盛りの果樹園の中を歩いているような濃厚な風味が広がった。

二人が無言のまま、数度、器を傾けたあと――バハリが、新しい酒を注ぎながら言った。

「ああ、そういえば――ははっ。すっかり忘れてたな」

「えっ……？」

「俺は――バハリだ。レヴァント（東地中海）のバハリといえば、船乗りで知らない奴はど素人か能足りんかどっちかっていうくらいの、そこそこに名を売ってる海賊だ」

「じゃ、じゃあ……　――わたしが、いた……　あの船の連中と同じ、なの……？」

その不安げなセシリアの声に、男はおおげさに傷ついたそぶりで——笑う。

「おいおい。あんな密輸船の三下と一緒にしないでくれよ。俺のこの船、アスラフィルは小さいが、立派な戦闘艦だ。もうキリスト者の軍艦を五隻は沈めてるんだぜ」

「ご、ごめんなさい……　その……」

「ははっ。この船は俺と一緒だ——ちびだと思ってナメてかかるやつは地獄行きだ……おっと。そんなことはどうでもいいや。えっと、あんた——名前はなんて言うんだ?」

「——そ、その…………」

セシリアは、急に——何かに押しつぶされてしまったように、うつむき、黙り込んだ。

「……………」

男はしばらく答えを待っていたが——肩をすくめ、視線を宙に遊ばせて言った。

「まあ、言いたくないなら、それでいい。じゃあ……　ヤースミン《ジャスミン》とかチューリップとか、適当な名前をつけて呼ばせてもらうかな」

男の声に、セシリアは伏せた瞳に、ちかっと拗《す》ねたような、困ったような棘を見せた。

そして、あきらめたような声で——、

「——……セシリア、よ……」

「セシリア、か。セシリア、セシリア……　ああ。ローマの殉教した乙女だな……」

「……そう……　なかなか死ねなかった、聖セシリアと同じ、よ……」

「ふうん。セシリア……　セシリア——」

バハリは、楽しそうに女の名前を、何度も何度も——やはり、玩具を手に入れてはしゃいでいる子供のように、女の姿を視線で、そして名前を口と耳で楽しんでいるようだった。

セシリアはそれが恥ずかしく、不快というよりは、何かからかわれているような気分になってきていた。

「ね、ねえ……　も、やめてよ…………！」

少し怒った彼女の顔——それさえも満足そうに見ていたバハリが、言った。

「ははっ、綺麗な女をからかうのは面白い——」

「も、もう……！　——こんなことするために、わたしを呼んだの……？」

「いや——あんたに、話があったからさ」

そういうと同時に、バハリはずいと椅子をずらし、立ち上がった。

「…………！」

その動きに怯えたセシリアが、腰かけていたベッドの上で後ずさる。

だがバハリは、彼女に横顔をみせる形で、壁のどこかを見上げ——言った。

「はっきり言うよ。セシリア、あんたに、俺の女になってほしい」

「……！　え、っ……!?」

「俺はまだ、妻を娶《めと》っていない。だから——俺の正妻になってくれないか？　そうして、俺の子供を産んでほしいんだがな。どうだろう」

男は、気軽な口調で——何か片手間の仕事でも頼むかのような口調で言った。

「そ……！　そんな、の……!!　——わたし…………!!」

「一度言ったと思うが、俺は、女を乱暴して手に入れる趣味は、無い。だけど、このままあっさりあんたをあきらめる気も、無い。まあ、時間はあるからな。気長に口説くよ」

「……！　——わ、わたしが……　絶対に、嫌だって、言ったら……？　そうしたら——殺すの……？　この場で、海に放り込むの……？」

半ば自暴気味に言ったセシリアに、バハリは困ったような作り笑いで答えた。

「まあ——あんたが、どうしても俺が嫌だって言うんなら仕方ないさ。殺したりはしない。どこかの奴隷市場に売り飛ばすよ。元々、そうなるはずだったんだからな」

「——…………っ、く……！」

「まあ、考えてもみろよ——俺は答えを急がないぜ」

そう言って——くるりと、踊るような足取りで男はセシリアの傍らに回り込んだ。

「あ……！　っ、なに……？」

「考えてみな——あんたが奴隷市場で売られたら——あんたほどのいい女が、女中仕事のためだけに売り買いされるとでも思うのか？　毎日、掃除と針仕事だけで暮らせると？」

「——…………」

「賭けてもいいが、まぁ、息の臭い助平じじいに買われて――毎日毎日、ねっちり体中を嬲《なぶ》られるだろうな。俺より、そっちのほうがいいなら仕方がない」

「くっ、う……！　ひどい………！　そんな、の――死んだほうがましよ……！」

「だったら、俺を選びなよ。後悔はさせないぜ」

「……きたないわ、そんなの………!!」

「心外だな――俺は、あんたに頼んでるんだぜ。命令、じゃなくてな」

「……く、う………　で、でも………」

セシリアが、屈辱と困惑で曇った瞳を伏せると――バハリは、腰かけた彼女の前の狭い空間を、何か考え事でもするかのように、行ったり来たり、大股《おおまた》で歩く。

「悩むことはない。まかせろよ――　……俺はな――言ったよな、アレクサンドリアの生まれだ。ガキのころは着るものも無いような貧乏だったが……　今は、大臣《ビン》になれるくらいのカネを、もう貯めてあるんだ」

「………」

「もう少し稼いだら、俺は故郷の街に寺院をひとつ寄進して、その近くに屋敷を建てる。あんたは――俺の女になって、そこで子供を産んで、俺の帰りを待って……　航海から帰ってきた俺とあんたは、次の子供が出来るまで服なんざ着ない――――。

これが、セシリア、あんたにはいちばんいい運命だと思うんだがな。どうだい？」

「……わ、わたし………… わ…… わからない…………!!」
涙を振り払うように、セシリアが顔をうつむかせる。
男は、その彼女の前でぴたり、足を止めると——不意に、彼女に手を伸ばした。
「な、なに…… っ、あ……!?」
フクロウが獲物を捕らえる時のように、無音で、男の両の手はセシリアの腕に滑ってい
た。セシリアは両の脇《わき》に男の手を感じ、びくっと体を震わせたが——そのまま、彼女は男
に背後を取られる形で、力の入らない体を立たされてしまっていた。
セシリアの背後で——何かの踊りのように、男の体が密着していた。
「やっ…… い、や……!」
彼女の背中に、男の帯に差された剣とピストルがごつごつと当たり——ドレスからのぞ
く裸の肩に、彼女の肌を呼吸している男の鼻と、口がうごめいていた。
「あんた、俺より背が高いくせに軽いな。見えない羽根でもあるのか?」
背中をくすぐるような男の声に、セシリアは刃物でも当てられたように震え、身を固く
した。首を振り、男の手から逃げようとしたが——狭い場所に閉じ込められたように、も
う彼女は、足すら動かすこともできなかった。
「や、やだ………… おねがい…… 乱暴、しないで…………」
「そんなことしない——ただ、なあ…………」

背後で、深呼吸のようにセシリアの香りを楽しんでいた男が——もぞりと動いた。彼女の肩から男の片手の感触が消えると、同時に、背中に当たっていた剣柄と銃の感触も消えた。ごとりと音がして、テーブルの上にバハリの武装が置き捨てられる。

「あんた、綺麗すぎる——さすがに、俺も主義を変えたくなってきた……」

「な、なに……　っ、あ……！　なに、よ……!?」

背後の、見えない男の手は、セシリアの裸の腕と、肩に滑り——何か彼女の知らない言葉をささやいている口が、歯で、彼女のドレスの紐を解いてゆく。熱い湯が沁《し》みてくるように、男の手が弛んでしまったドレスと、胸の下着の間に滑り込んだ。

「いっ……　くっ、あ……！　おねが、い……　いや、いっ……　やだ………！」

彼女が知っている、あの獣以下の男たちの乱暴なだけの手とは違った——暖かな風か、柔らかに締める帯のような、外見には似合わない男の手と、言葉だったが——。

セシリアが、それから連想してしまうものは——暴力と同じでしかなかった。

「やっ……　やめ、てえ………」

「——……悪いな。今日の俺は、耳がついて、無い」

すとっとスカートが床の上に落されてしまうと——ごつごつした手指が、絹の下着と長靴下のあいだの太腿に触れ、セシリアの肌の温かさを吸い取るようにして内側に滑る。彼女の体が力なくよじれるが——もう、男の別の手は、彼女の乳房に爪を立てていた。

「……っ、くう……！　ひどい……　ひど、い…………！」

「だから――ごめん、って。なるべくやさしくしてやるから……」

「う、く……　いやあ………！」

「あんたが……　これまでどんな男どもに犯られてきたか知らないけど――そんな回数、俺が三日で抜いて、みんな忘れさせてやるよ……」

「ひ……！　いや、あ………！」

「順番が逆になっちまったけど――終わったら、あんたが溶けるまで口説くからさ……」

「うっ、く……　う、ううっ………」

ぽろぽろと、セシリアの涙が男に見えないところで、こぼれる。

運命どころか――この男の手からも逃げられない………………。

絶望よりも深い、あきらめと、どす黒い自嘲――

――セシリアが涙で濡れた瞳を閉じ、すべて捨ててしまったかのように、体中の力を、棄てる。

背後の男は、力を失った女の体を強く、抱き――指を、下着の奥に隠れていた雛鳥《ひなどり》のような和毛《にこげ》の感触、その奥に滑らせる。別の指が、彼女の顔と、唇を振り向かせようとセシリアの頬を滑った――その指が、彼女の唇に触れた時――――、

「――…………っ‼　く！　っく、ふっ……⁉」

セシリアの体を、脊髄の奥から突き上げられたような――猛烈な嘔吐感が襲った。

「く……！　や……　や、め…………！　――ぐっ、っ……　ぶ…………‼」

「――お、おい⁉」

セシリアは反射的に、背後の男を突き飛ばし、部屋の隅にしゃがみこんで――吐いた。

「ぐ、え……　げっ、う…………　げ、ほ…………‼」

吐いたものの悪臭で、また吐き――胃液で喉と舌を焼かれ、うめき、咳《せ》き込んで――苦しさと、悲しみと絶望が嗚咽になって、止まらなくなる。

「くっ……　うっ、う、うく…………」

起き上がる気力も無いセシリアの背後で――立ち尽くしていた男の、冷たい声が響く。

「……吐くほど嫌かよ、俺のことが――」

鉛のように重い首を動かしたセシリアの目に、冷たい、そして明らかに傷ついた若者の

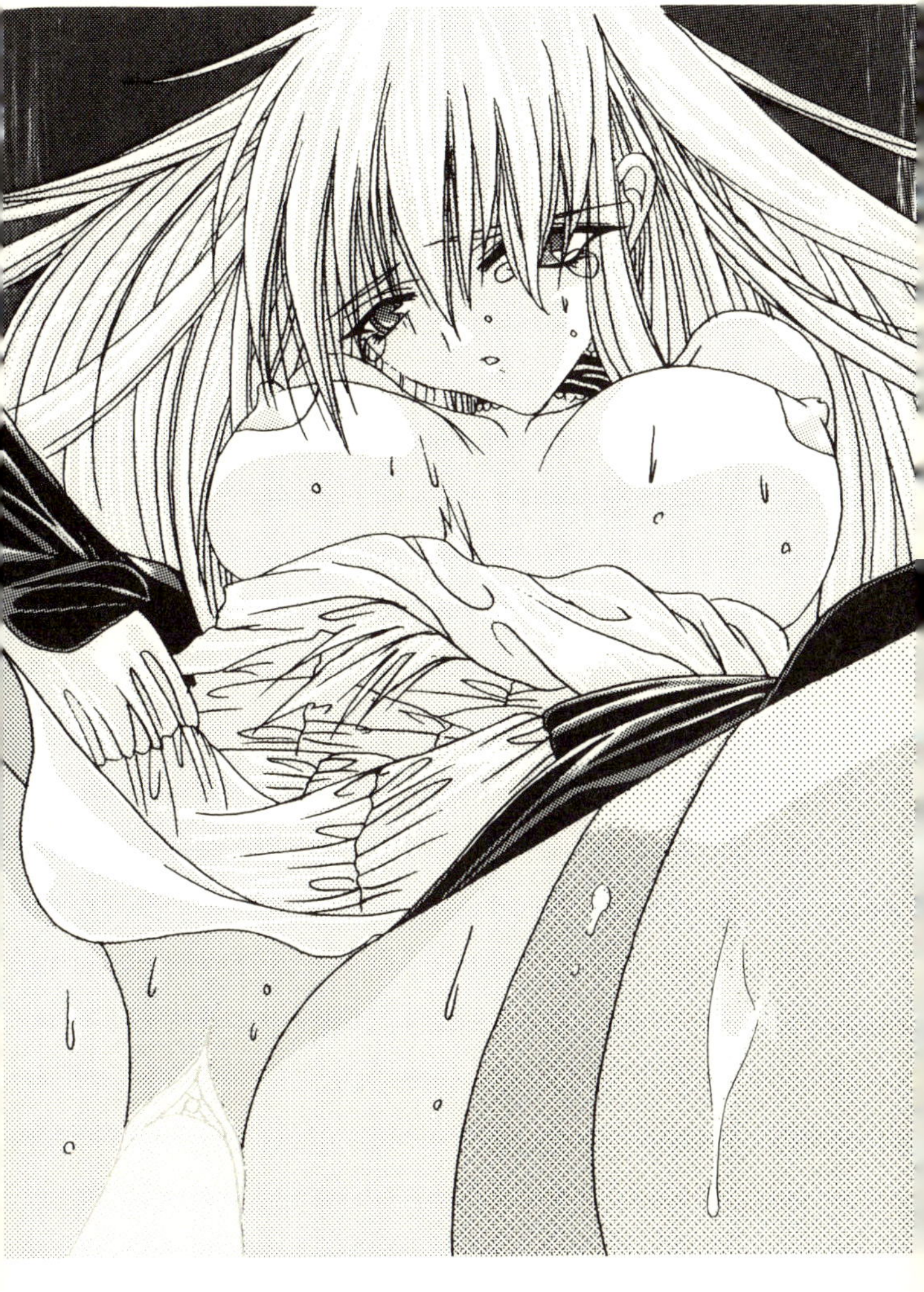

顔があった。

殺される──男の声に死を感じたセシリアは、両手で顔を塞ぎ──泣いた。

「ち……　ちが、う…………　違うの……　わたし……………」

「何が違うんだ──　…………あ。あ、あ⁉　まさか、あ、あんた……⁉」

「そう、よ……　わたし……　子供がいる、の……　おなかに…………」

「な……‼　あんた、孕んでたのか…………‼」

ババハリの、魂が抜けてしまったような驚愕《きょうがく》の声が船室に響き──その後、彼がどかっとベッドに腰を落とす音が聞こえた。

「なんてこった……‼　──くそ、老イサクのヤブ医者め！　あいつ、気づかなかったのかよ……！　なんてこった……　唯一神よ……！　俺はもう少しで……」

男の、怒りとあせり、そして安堵が交じったような声に──セシリアは顔を上げた。

「わたし、のこと………　殺す、の…………？」

「──ばっ、ばかやろう、そんなこと……‼」

ババハリは、涙と吐き跡で汚れたセシリアの顔を見──そして、あわてて顔を逸《そ》らすと、狭い船室の中を、捕らえられた獣のように行ったり来たりを始めた。

「──ああ……！　もう少しで、律法に背いて地獄に落ちるところだった……　くそっ！　あの泥船のろくでなしども……‼　俺に孕み女を売りつけやがった……‼」

バハリは、テーブルの上の剣とピストルをひっつかみ、帯に突っ込む。

「じゃあ——セシリア、あんた……　あの船で、孕まされたのかよ!?」

男の、容赦のない言葉に——うつむき、絶望の声でセシリアは答えた。

「……ちがう、わ………　わたし、別の場所で男たちのおもちゃにされて——そこで、妊娠、したから……　ほんとは殺される、はずだったの………　でも……　殺されるかわりに、あの船に、わたし……　売られて………」

「じゃあ——あの密輸船のやつらは、ベルトランは——あんたが孕んでいることを知っていたんじゃないか……!?　あいつら——なんてことだ……　孕んでる女を……!!」

「そう、よ………　わたし——何度も、子供がいるから、乱暴はやめて、って………あいつらに頼んだのに……　あいつら、それを、面白がって…………!」

「——なんてことだ………」

ぴたっと足を止めたバハリは、天を仰ぐようにして怒りに体を震わせていた。

セシリアは、肺から空気が漏れるような、全ての力を失った声で——言った。

「ね、え………　もう——殺して………　わたし、もう………　いや………」

それには、バハリは何も答えなかった。

「おねがいよ………　あたし、あんなやつらの子供なんて、いや………産みたくなんて、ない………!　もう、死にたい………　——殺して、よう!!」

一声叫ぶと——セシリアは、夜に降る氷雨よりも冷たいすすり泣きの中に落ちた。

それに、ババハリが答えた。

「ばかやろう！　——女子供を殺せるわけがねえじゃねえか!!　それに、な——」

ババハリの腕が荒っぽく伸び、ぐったりしたセシリアの腕を捕らえた。

殺される——空っぽの心でセシリアはそう感じたが——男は、立たせたセシリアを、すとんとベッドの上に戻し、座らせた。そして、少し乱暴な手つきで、ババハリは木綿のシーツを使って、嘔吐で汚れたセシリアの体をごしごしとこすり——うめくように言った。

「——あんたが死んだら、その子供まで死んじまう……　それは冒涜《ぼうとく》だ、許されん」

「で、でも……　あたし、あいつらの子供なんて、いや…………！」

「……もういい、何も言うな——」

ババハリは、セシリアから離れると——真っ黒な炎のような目を、どこかに向けて言った。

「これから、部屋に戻れ——俺たちは、ちょっと仕事が出来た」

「え……　わたし…………」

「あんたのことは、その仕事の後で考える。俺が呼ぶまで、部屋から出るなよ——」

ババハリはそれだけ言い残すと、自分の船室から、急ぎ足で出て行った。

彼の姿が消えると同時に、男の発する帝国語の命令が、矢のように船内を走った。

セシリアは——医者の老イサクの手で、元の部屋に戻され、そこで——泣いた。

＊

あの夜から、どれくらいの日時が立ったのか——。

運ばれてくる食事の回数からすると、三日ほどのことかもしれなかった。

だが——セシリアは、運ばれてくる食事にもほとんど手をつけず、ただ、ときおり襲ってくる嘔吐と、心がめしいてしまったような絶望だけを繰り返していた。

たぶん、自分は——これから、どこかの奴隷市に連れて行かれ、そこで売られるのだ。

そしてそこで、バハリの言ったような、ここことは別の地獄に落ちるのだ………。

今のセシリアには、あの海賊が見せてくれた優しさも、独特の無邪気さささえも重荷になっていた。あのまま、密輸船の船倉で男たちの慰み物にされ、死んでいたほうがまだ良かったとさえ感じていた。

このまま、死んでしまいたかったが——だが、ときおり、思い出したように襲ってくる悪阻《つわり》の嘔吐感が、彼女にまだ自分が生きていると、そして——セシリアの胎内に宿っているもうひとつの命の存在を彼女に思い知らせていた。

——それが植えつけられた、悪夢の記憶とともに彼女を苦しめながら——。

いつのまにか――セシリアが眠りに落ちていた時のことだった。

漆黒《しっこく》の夢の中で、どかどかと乱暴に何かが打ち鳴らされる音だけが、響いていた。

意識の底で、それがこの船、たしか『アスラフィル』の船員たちが、甲板を駆ける音だと気づいたが――彼女はそのまま、闇《やみ》の中に落ち…………。


ずうううん!!　――体中がばらばらになりそうな轟音《ごうおん》にセシリアは叩きのめされた。


「――…………!?　あ、う…………?　な、なに…………」

落雷かと思った――だがそれは、彼女が初めて聞く爆発、砲声だった。

一瞬で目覚め、暗闇の中で見開いたセシリアの目に、いつもの部屋の世界が映る――。

ずどおおお!!　――また、すぐ近くで響いた轟音に、セシリアは身を丸め震えた。

「……っ!　な、なに……!?」

そのあと――頭上で、板一枚向こうの世界で、男たちの帝国語が吼《ほ》えるようにわきあがった。それに、ばちばちと爆《は》ぜる銃声、そして木と鉄の軋みが混じり――。


ご!!　めりめりめりい!!　――今度は音というより衝撃が、足元からセシリアを襲い、彼女の体は部屋の中で毬《まり》のように転がった。

「きゃあああっ!! あ、あ…… ――たすけて……!!」

自分の口から悲鳴が漏れたことにも気づかず、セシリアは体を丸くし、衝撃に耐えた。

船全体が震えたような衝撃が消えると――今度は、見えない世界から響いてくる銃声と、そして鋼の噛み合う音、さらには男たちの絶叫が、彼女に地獄を思わせ、大きくなる。

「あ、あ……!? い、いや……………! なに…………!?」

そして――唐突に、その地獄の調べは、消えた。

セシリアの恐怖に強張った目が、再び世界に向けられると――部屋の中には、遠い男たちの声と足音、そして船に打ちつける波の音だけが――ただ、響いていた。

「……なんだった、の…………!?」

そこに――扉の開く音が混じり、セシリアはまた、固く目を閉じた。

「――だいじょう、ぶ。私、だ。もう平気――起きな、さい」

「……えっ……?」

彼女が目をあげると――灰色の長衣を、点々と赤い染みで汚した老イサクが立っていた。

「――起きて、来な、さい。船長が、呼んでいる」

「……!? ――あの、男が………?」

何度も襲ってきた恐ろしい轟音に、魂が麻痺《まひ》してしまったようなセシリアは、老医者の導くまま、船倉から、甲板へと上がった。その途端――。

むっとするような、喉を刺す硝煙の臭気が彼女を襲い、咳き込ませた。小雨の混じった風がびょうびょうと吹いている甲板には、火薬と、血の匂いがこびり付いていた。

「なっ……　なに……？」

一度見た、この船の甲板とは別の世界が、そこにはあった。男たちは革と鎖帷子《くさりかたびら》で出来た鎧を身にまとい、血刀や長銃を手に、側舷に蝟集《いしゅう》していた。櫂はすべて海に降ろされ、何かいやらしい蟲の足のように伸びて海面に揺れていた。

船は、別の海域に来たのだろうか――遠く、かすんだ島が見え、そして海の中から邪悪な牙のように見える岩礁が白い波濤をまき散らす暗礁海域に、船は櫂を降ろしていた。

その船の――アスラフィルの船首の先には――――、

「……!?　あ、あ……！　あれ、は…………」

それを見たセシリアの口から、甦ってきた記憶が言葉になって漏れた。

アスラフィルの華麗に細い船首、その先に埋めこまれた青銅の衝角《ラム》が、その尖《とが》った先端を別の船の横腹に、深々と突き刺していた。左舷をもろにアスラフィルに貫かれた、その大きな帆船は、すでに浸水し、沈み、横倒しになりかけていた。

その船は――密輪船ドントゥールだった。

「あ、あ………　――どう、して………⁉」

アスラフィルの海賊たちが、密輪船の破孔にとりつき、斧を振るって衝角を敵船から切り離していた。その作業が進むあいだにも、目に見える速度でドントゥールは鉛色の海に没してゆく。

密輪船の後半部は、砲弾に引き裂かれ、殺された船員たちの屍体《したい》と血痕《けっこん》が散っていた。生き残った船員たちも、波間に沈み、板切れや岩礁にしがみつき――ただ、もがいていた。

セシリアは――麻痺してしまったように、この地獄絵図から目が離せずにいた。

そこに――沈みかけの密輪船から、身軽な黒い影が現れ――数度、跳ねると、その影は衝角と船首に飛び移り、アスラフィルの甲板に降り立った。武装した海賊たちが、その小さな影に向かって剣を振り上げ、割れるような喚声をあげた。

その影は、大股で歩いてセシリアに近寄る。

「あ……！　あ、あ………」

セシリアの指が唇を覆う――影は、抜き身の剣を持ったバハリの姿になった。

「よう。待たせたな――」

「な、なに……　いったい………？」

バハリは、部下に拭かせた剣を鞘にしまい――にこっと、片目を閉じた。

「あの泥船を、沈めてやったのさ。　……これで、少しは気が晴れたかい？」

「えっ……!?　そ、そんな、わたし…………！」

「おっと、勘違いするな——別に、あんたの敵討ちをしたわけじゃない。俺にナメた真似をしてくれた奴らに御礼参りしただけのことさ。あんたの代金も取り返したし」

セシリアが首を振り、怯えた瞳をバハリに向けた時——男は、もう片方の手に持っていた、汚い包みのようなものをセシリアの前に突き出した。

「……っ、え……？　——……!!　あ、ああ……!?　…………!!」

バハリが——女の子を虫でいじめる悪童よろしく——突き出したそれは、どす黒い舌をねじれた口からはみ出させた、苦悶の中で死んだあのベルトランの首だった。

「あ……　い、いやっ…………！」

セシリアが眼を閉じ、首を振ってうずくまると——バハリは、つまらなそうにその首を側舷の向こうに投げ捨てた。

「……悪い。そんなに怖がるとは思わなかった——」

「う、う……　でも、だって…………」

「まあ——これで、少しは夢見がよくなるんじゃないかな。それより…………」

眼を閉じ、うつむいていたセシリアの髪と頬に、そっと男の指が触れた。

「……!?　……えっ…………？」

「これから、帝都に向かう——アイマールの都、コンスタンティノヴァールだ」

その聞き慣れない地名と言葉の意味に、セシリアが、はっと顔を上げた。

「あんたを——帝都で、売るつもりだ」

「……そ、そう………… わかった、わ………」

「おいおい、そんな顔するなよ——こっちまで泣けてくる。あのな——帝都に、俺の知り合いの老商人がいるんだ。その男に…… あんたを、預けるんだよ」

「……えっ………? どういう、こと………?」

「その商人は、善良な男だから——あんたを褥《しとね》に引きずって行ったりしない。だから……あんたは、その男のところで養生して、そうして…… 子供を、産むんだ——」

「えっ……! そ、そんな、わたし…………」

首を振ったセシリアの前で、バハリが——がくっと、首をうなだれさせ、言った。

「あのさ…… 頼むから——もう…… 死にたいとか、子供がいらないとか…… 言わないでくれないか…… 頼むよ…… 俺、哀しくって泣いちまうからさ…………」

急に小声になったバハリに、セシリアの青い瞳が戸惑って揺れた。

「俺、さ——アレクサンドリアの、さ、娼婦《しょうふ》の産んだ父無し子なんだ——」

「——えっ………?」

「天国に行っちゃった俺の母親はさ…… 異教徒を相手にする、最下級の娼婦だったんだ。だから——俺の親父なんて解りゃしない——それでも、母親は俺を育ててくれたんだ」

「……そう、なの…………」

バハリは、ささっと、鋭い視線を周囲に投げて人払いをすると——セシリアの髪に口を埋めるようにして、なんだか、泣きそうな声で話し出した。

「だから、あんたの気持ちも解るけど……　その腹の中の子供が——可哀想じゃないか。その子にはあんたしかいないんだぞ。その母親からも恨まれるなんて、なあ………」

セシリアはようやく——この海賊が、自分と、セシリアの胎内の命を重ねていることに気づいた。そして自分も、初めて、この海賊の気持ちが少しだけ——わかった。

「——あ、あ…………!」

自分でも理由の解らないまま——セシリアは男の背中に、そっと手を回していた。そして、理由の解らない涙を、ひとしずく、流していた。

バハリとセシリアは、少しのあいだだけ——冷たい小雨と風の中で、不器用な抱擁を続けていた。そこに——。

ばりばりばり……　——木の裂ける音と、空気が破裂する音を残して、ドントゥールは時化《しけ》つつある鉛色の海に、飲み込まれていった。

バハリは、その音で我に返り、あわててセシリアの腕の中から身を離した。そして少し怒ったような顔の海賊は、早口の帝国語で、この光景を遠巻きにしていた部下たちを叱咤《しった》し、命令を飛ばし始めた。

アスラフィルは、爪錨《ほびょう》を上げ、櫂を逆に使い――ゆっくりと下がり出した。

沈むドントゥールの渦に巻き込まれなかった密輸船の生き残り立ちは、板切れや波に没した岩礁にしがみついたまま、悲鳴を、そして哀願をまきちらしていた。

それを完全に無視して、アスラフィルは下がり、船首を切り替えす。

亡霊のような、西欧人たちの声に――セシリアは、自分でも信じられないほどの無感情な瞳を、彼らのいる海面に向けていた。彼女は、近くに来た老イサクに、ぼそりと尋ねた。

「あいつらは……　どうなるの……？」

その声に、老イサクは船の近くの海面を指差し――いつもの口調で、答えた。

「――彼ら、に、聞く、んだね……」

老人の指差した海面には、白っぽい切っ先のようなものが――鮫《さめ》の背びれがいくつも、輪を描くようにして走っていた。


海賊船アスラフィルは、荒れ出した海に櫂を突き刺し、速度を上げた――――。

＊

それから月が数度満ち、欠けた、ある夜――――。

バハリは、いつものように船室にコーヒーを持ってこさせていた。

一つの茶碗にコーヒーを注いだ老イサクが、ポットを抱え、背後に下がる――熱い液体を飲み干したバハリは、ちん、と鈴のような音を立てて、いつも通り茶碗を伏せた。

「――……もう、子供が産まれたころか……………　大丈夫かなあ…………」

バハリがぼそり呟いた声に、帝国語で老イサクが答える。

「すべては唯一神の御心のままに。彼女に第四天使の御加護があらんことを――」

バハリは、ふんと鼻を鳴らすと――、
しばらくして、いつも通り茶碗を取り、裏返した。

その途端――、

「…………ん!?　…………お、お!!　これは!?　――ああ…………!!」

ミアの章

――1622年　トラキア北部戦線

――止んだばかりの雨が、閃光《せんこう》じみた眩《まぶ》しい陽光に焙《あぶ》られて陽炎を作っていた。

ゆらゆらと揺れる、泥で汚れた奴隷市場の中庭からは、むっとする厩舎《きゅうしゃ》か裏通りのような腐臭が立ち上っていた。そこに混じった、排泄物《はいせつぶつ》と錆鉄《さびてつ》、そしてかすかな血の匂《にお》い。

私は、薬草の匂いがするぶどう酒で舌と、嗅覚《きゅうかく》を誤魔化しているうちに――。

この異様な場所と、そして体験の中で、私は少し酩酊《めいてい》してしまっていた。

(――……うわ、しまった、な……)

泥の中から生えた花卉《かき》のように、むき出しの素足を汚したまま立っている、三人の奴隷少女たち――私は目のやりどころに困るような、わずかなぼろ布と鎖だけを身にまとった彼女たちの裸体、といっていいような体の線に、すっかり魅せられてしまっていた。

「……いろんな、娘がいるな――」

ずっと黙っているのも気恥ずかしく、私はファルコに笑いかけた。

「ははっ。そうだね。しかも今日は――めずらしいのがいるな」

そう言って、物憂げにファルコが顎をしゃくって私に指し示したのは――。

三人の中でもいちばん小柄で、体の線もいちばん細い、何だか少年といってもいいような体と、そして淡い褐色の肌を持った黒髪の少女だった。

「……変わった、肌の子だな……」

「そうか、君は見るのは初めてかな。帝国の東の、アナトリアのあたりの隷属民の娘さ。見た目は子供みたいだが――あいつに、大枚をはたいて見るかい、キャス?」

ファルコのからかうようなほほ笑みに、私が答える言葉を見つけられないでいると、

「あの蜜色《みついろ》の肌は――触る麻薬だぞ。西欧人とも、帝国人とも、アフリカのマグレブとも全く違う。試してみるかい? 触るだけで射精《で》そうになるから……」

ファルコが、朗読のように様々の比喩《ひゆ》を持ち出して、その隷属民という褐色の肌の少女の素晴らしさを私に説明していたが――私はといえば、彼には悪かったが、その言葉をほとんど聞いていなかった。

「――………」

私と、褐色の肌に黒の髪と、そして星空のような大きな瞳《ひとみ》を持った少女は――。

二人とも、言葉を失った民のようにただ、見つめあっていた。

もし――。

私が、この子を買ったら――私と、この異国の少女は、どんな日々を、生き方を、人生を、送り、もしかしたら別れ――そしてどんな死を、見るのだろう。

私は、名前も知らないその少女の瞳に、その儚《はかな》い答えがあるような気がしていた――。

密林の片隅で、小さな蝶《ちょう》がその羽根を羽ばたかせた。その時起こった僅《わず》かな空気のゆらぎ――それが小さな風の種となり、その風は流れ、海を越えて育ち、そして遠く離れた別の大陸で大嵐《おおあらし》を起こし、森や、都市を飲み込んでしまう。

その寓話《ぐうわ》は――。

私がその記録を廃棄されていた処理槽から再生した時に、ふと、霊感とかいうもののように私の意識に浮かび上がった。

その記録は、西暦1618年に勃発《ぼっぱつ》した西欧世界とアイマール帝国の争い、後世に『東方七年戦争』と呼ばれることになった戦火の記録だった。その時代を調査していた私は、この救いも教訓も無い悲惨な戦いの中で起こった、様々の事象を調べては、それを記録にまとめていた。

その事象を調べるうち、私は、研究家たちの間で謎《なぞ》の一つとされていた戦争の転換点――西暦1622年の、帝国軍ウィーン攻略軍先鋒《せんぽう》隊の謎の転進に関する興味深い記録を発見した。

その帝国軍の謎の転進は、事実上、撤退というよりは退却、誤解を招くことを承知で言わせていただければ潰走《かいそう》といっていい状態だった。絶対優勢を誇っていた二万の帝国軍が、なぜ、疲弊しきったばらばらの西欧軍の戦線を前に、理由もなしに背中を向け――それどころか指揮系統が完全に破綻《はたん》し、追撃すらも受けてウィーンを攻略する唯一の機会をみすみす逃してしまったかは、研究者たちの間でも完全な答えは出ていなかった。疫病や補給の不備にその理由を求める説もあったし、陰謀や、帝国には付きものの裏切りがその原因だとする説も有力だった。

何がその答えなのかは――おそらく永久に闇《やみ》の中にあるのだろう。

だが――私の発見した記録は、その闇にかすかなきらめきを残してくれた。

仮説としても成立しえないその断片的な記録は、だが、私が連想した寓話の蝶のように、その儚《はかな》い羽ばたきを、それでも確かに残していたのだ。

私の発見したこの記録は、おそらく公開されることは無いだろう。既に滅びてしまった世界の、私が偶然見つけた西欧の青年と、名も無い少女の存在は、彼らだけの永遠の無の中に消えて行くのだろう。

だが、蝶の対の羽のようなあの二つの命は――滅亡と、星の光さえ色褪せる時の流れをも越えて、確かに――私たちに、小さな風を送ってきているのだ。

『琥珀《こはく》期文明史概観』～欧州編～第十巻六章序文　より

ユイ・アフテン・グリン

＊

夕刻から降り出した雨は、夜になってさらに強く、冷たくなっていった。

雨を運んできた冷たい風は、すでに晩秋に吹くそれのように容赦がなく、どす黒い闇に染まった山と森を凍えさせ、吹き抜けてゆく。

冷え切った風と雨をまき散らす漆黒《しっこく》の空――その夜闇よりも暗く見える山間の稜線《りょうせん》の合間に、へばりついたように見える小さな街がひとつ、あった。

そこだけ雲が晴れて、星がのぞいているかのように見えていた。まばらに点る街の灯は、だが確かに、そこに人と、生命の気配を感じさせてまたたいていた。

バシウス街道が山脈を迂回《うかい》して曲がるその場所に、その街は位置していた。

オーストリアの南東部国境に位置する、グロブデンと呼ばれるその街は、街の端から端まで石弓の矢が届くほどのこぢんまりとした市だったが――その夜、グロブデンの大通り、そして広場には、雨に打たれて、無数とも思える黒い影がうずくまっていた。

それらは、闇夜に目をこらせば――何かの荷を山と積んだ馬車だったり、軍の輜重《しちょう》だったり、あるいは軽野砲とその砲車だったりが見えただろう。その合間に、急ごしらえの天幕が張られて、軍馬や輓馬が繋《つな》がれているのが見えれば、ここに、軍隊が駐留しているのが解《わか》るはずだった。

だが、それは——これから戦線に向かう覇気に満ちた軍のそれでは無く、あきらかに前戦から後退してきたばかりの部隊だとひと目で解るほど、疲弊し、数がまばらになっていた。おそらく元は、いくつかの連隊からなった軍だったのだろうが——いまは、ひとつの連隊が揃《そろ》うかどうかもあやしいほどの軍馬と貨車が、氷雨と闇風にはためくいくつもの軍旗の下でじっと、うずくまっていた。

その軍旗は——ヴェネツィア共和国軍のそれと、そしてロンバルディア同盟の傭兵軍《ようへいぐん》のものが並んで、重く雨を吸い、冷たい風の中で揺れていた。

その西欧の軍の兵士たちは、皆、家々の屋根の下で雨風から守られているようだった。時おり、交代する歩哨《ほしょう》と警邏《けいら》の兵が雨の中を行き過ぎるほかは、街の中は、深海の底に沈んでしまっているかのように——ただ、雨と風の音だけに包まれて、静かだった。

この部隊の兵士たちは、最前線のザグレブから後退してきたロンバルディア同盟軍の生き残りだった。街道を撤退し、帝国軍の追撃に怯《おび》えながら、初めてこの街で夜を過ごすことが出来た兵士たちは、皆ほとんどが——飢《う》えた体に温かい食事と酒を流し込むだけ流し込んで、あとは、街の人間から間借りした屋根の下で泥のようになって眠っていた。部隊の指揮官から、厳重な命令と、そして可能な限りの食糧と給金を支給されていた兵士たちは、駐留に付きものの騒ぎを起こすこともなく、今夜はただ、眠りだけを貪《むさぼ》っていた。

ただ――。

街にある数軒の居酒屋と宿屋だけは、街路にあふれるまで男たちを詰め込み、いまだ、その窓と開け放たれた入り口から、暖かな灯と喧騒《けんそう》をあふれさせていた。むっとするような人いきれと酒気、そして料理の脂の匂いを放っている宿屋が並ぶ大通りを――。

雨と風に足音を吸い取られながら、いくつかの人影が足早に進んでいた。

「――……斥候からの報告では……………」

「――……では、追撃は無い、と考えてよろしいのでは…………」

「――……橋を爆破する必要は、このさい…………」

「――……リシュティヒ侯の軍もこの雨では…………」

「――……それは帝国の奴らも同じ。奴らのほうが大所帯だからな…………」

頭からすっぽりと、軍の外套《がいとう》をかぶった男たちは、中央を歩く指揮官らしい男を取り巻き、口々に何か、不安げな――それでいて、浮わついてしまうのを押さえているような声をかけあいながら歩いていた。

一軒の宿屋の前に停まった男たちは――そこが部隊の司令部になっていることを示す、金の刺繍《ししゅう》が飾った軍旗が立てかけられた入り口の前で、各隊の分隊長や責任者たちは、指揮官とともに足を止めた。

兵士たちと比べると、少し線が細く見える指揮官の男は、皆に言った。

「——ご苦労。みんな、今夜はゆっくり休んでくれ」

油引きの外套に隠れた顔から、意外と若い声が雨の中に広がると、部下のいかつい男たちは、ざっと軍靴を鳴らして敬礼した。

「……ありがとうございます、参謀殿——」

男たちの一人が答え、そして、

「……助かったのですね、我々は………」

雨の中にかすんでしまいそうな声で、その兵士は、やっと安心できたような声で言った。

「……主は——奇蹟《きせき》をおこして、我らを守ってくださった……！」

「……帝国《アイマール》の悪魔どもに呪《のろ》いあれ……！　神よ………！」

ずっと——前線から後退してくるあいだ、ずっと、男たちが抱いていたかすかな希望が、今——奇蹟のように、現実となって男たちを包んでいた。

彼ら——ヴェネツィア陸軍と傭兵軍の合流した第十七連隊は——————。
ザグレブで相対していた、圧倒的に優勢な帝国軍二万の精鋭の謎の撤退に助けられ、その追撃に怯えながらもようやく、今——トラキアの地獄から後退し、生きのびて西欧に戻ってこれたのだった。
まさしく——奇蹟、間一髪だった。

あの日、帝国軍の精鋭、親衛隊を中核としたアナトリア軍団の攻撃を受けていたら、彼らの連隊だけで糸のような戦線を支えていた西欧軍は完全に突破され、オーストリアの首都ウィーンは南からも包囲され、その命運は尽きていたはずだった。ウィーンの陥落は、すなわちそのまま、西欧の崩壊への導火線となるはずだった。

そしてそれ以上に確実なのは──あの日、帝国軍が予定通り攻撃をしかけてきていたら、彼らロンバルディア同盟軍の第十七連隊は、あとかたもなく踏みにじられ、皆殺しにされてしまっていたはずだった。

だが──帝国軍のアナトリア軍団は、理由の解らない後退をした。彼ら第十七連隊は、その機会を逃さず、なけなしの軽騎兵と銃兵隊で追撃をしかけ、転進中のアナトリア軍団を大混乱に落し入れた。そして彼らも、余分の輜重と砲を放棄して、戦線から後退した。

そこに、これも際どいところで、ようやく腰を上げたオーストリア軍のリシュティヒ侯爵率いる軍が到着し──西欧の戦線は、ふたたび塞《ふさ》がれた。そしてこの悪天候と、次第に深まる秋と、やってくる過酷な冬が、彼ら第十七連隊を、そして西欧を救ってくれた。

冬がくれば──どんな軍隊も、身動きは取れなくなる。来年の春、刈り入れが終わるころまでは、数十万の帝国軍も攻勢には出られないはずだった。

生き残りの兵士たちは、ようやくそのことを──生き残った奇蹟を実感できていた。

部下とともに、宿営地の見回りを終え、無事な者と同じくらいの数の負傷者たちが収容された教会と倉庫を見舞い、そして街の市長と、街の借用に関する契約を済ませて金を払い——ようやく連隊の指揮官は、自分の休息を取る宿屋の前で、部下たちに言った。

「生き残れたのは、君たちのおかげだ。感謝するよ——」

その言葉に、兵士たちは沈黙で答えたが——彼らは皆、一様に、その言葉は自分たちの若い指揮官にこそ相応《ふさわ》しい、と感じていた。

最初は、連隊ではなく師団規模だった同盟軍の一参謀貴族だった彼は、他の指揮官の貴族たちが次々と死んだり戦線を放棄して行くあいだも、自ら剣をとって前線に立ち、兵士たちを率いて戦い——終《しま》いには彼が唯一の貴族士官になるまで戦い続けていた。彼が戦い続けたからこそ、そして彼が、自分の家が破産しかけるのもかまわず私費を投じて、何もしてくれない同盟にかわって部隊を維持し、食糧や武器の補充をし、傭兵たちを雇用し続けてくれた——そのおかげで、彼らは戦線を維持し、生き残ることが出来たのだ。

連隊の分隊長たちは、まだ青年の歳の指揮官の前を辞すると、それぞれの仮の宿へと散って行った。その時、彼らを見送るように雨の中に立つ指揮官の傍らに——。

どこか、闇の中から滲《にじ》み出してきたかのような小さな影がひとつ、音もなく現れて、ぴったりと指揮官の外套に小柄なその身を寄せていた。

分隊長たちは、その影に気づきながらも――誰《だれ》も、それが見えなかったかのように歩いてゆく。その小さな影――いつの間にか、指揮官に付き従うようになったその少年のことについては、あえて、誰も話題にしないようにしていた。

あの奇蹟の起こった日、帝国軍が謎の後退を行ったその日から、あの影のように動く少年は、ヴェネツィア貴族の指揮官の近くに付き従い――本物の影のように離れず、あるいは影のように姿を消しては、いつの間にか、また指揮官の傍らに姿を現していた。

その少年は、この時も、外套に押しつぶされてしまいそうな小柄な体を指揮官の腕に預けるようにして立っていた。分隊長たちが雨にかすむ闇の中に見えなくなると――。

ちら、と、指揮官と少年の外套が、お互い見つめあうように動いた。

そのまま二人は、そういう生き物のように身を寄せあったまま、開け放たれた宿屋の入り口の奥へと、姿を消した。

*

油引きの外套は宿屋の入り口で脱いできた――。

その下に着た厚手のマントも、海草のようにべったりと雨に濡れ、体の奥から滴《したた》るような冷たい雫《しずく》が垂れて、宿屋の廊下と階段を汚して、続く。指揮官の着たヴェネツィア貴族の煤色《すすいろ》のマントも、少年の身をすっぽり包んだ大きな乗馬コートも、ひどく濡れてしまっていた。

鶴《つる》のように痩《や》せた宿屋の主人が、指揮官とその従者らしい少年を、二階の奥の部屋に案内し、扉をあけた。二人が部屋に入ると――奥にある暖炉で焚《た》かれていた炎と、壁際の獣油ろうそくが、がらんとした部屋の中をゆらゆらと照らし、温めていた。

指揮官の青年は、主人に金を渡し、平桶《ひらおけ》一杯に入れた熱い湯と乾いた布、そして食事と酒を持ってこさせる。初めて見るほど金払いのいい、めずらしい軍人の客に主人は、ほくほくした顔で世辞を言いながら、次から次へと用件を訊《き》こうとしたが――青年は、少し怒ったような様子で、用のすんだ主人を部屋の外に出して扉を閉めた。

ヴェネツィアの青年と、小柄な少年は――、

「――…………」

「――…………」

数呼吸のあいだ、二人は、この世界には彼らしか存在していないかのようなひたむきさで見つめあった。呼吸の音すらしない、沈黙――そこに、ぱちぱち爆《は》ぜる暖炉の音に混じって、下の階から聞こえてくる、まだ酒を飲む元気の残っている兵士たちの歓声が響く。

「――…………!」

ふたりは、はっとして扉に近寄り、そこに鍵《かぎ》が付いていないのを見て取ると――あわて

て、使わない椅子《いす》や衣装箱、そして箪笥《たんす》まで動かして、内側からドアを塞いだ。

そして――――。

再び、二人は見つめあい――だが今度は、一瞬で二つの視線は外れ、代わりに、雨で濡れたままの二つの体は、小さな音を立ててぶつかり、強く、抱きあった。

しばらく――その姿は動かなかった。体が一つになってしまったような二人は、お互いの濡れた胸元と、濡れた黒髪の中に顔を埋めながら――動かなかった。

ようやく――男が、溺《おぼ》れていたように深い息を吐き出し、吸い、相手を壊してしまいそうな勢いで抱きしめていた腕を動かし――彼はその腕に抱いた少年、いや――――、

「……っ、あ…………!」

溶けてしまいそうに甘く、小さな悲鳴を上げた少女の黒髪に口づけする。

「――……ミア………」

男の口が、小さく名前をささやくと、小柄な少女の体が、ぴくっと震え――溶けた。

「ん……　くん……　――……キャス…………！」

「ミア………」

抱き合った青年と、少女が、お互いの名前だけに歓喜しながら抱き合う――。

あの奇蹟の日――――。

絶望の中で再会した二人の恋人、ヴェネツィア貴族のキャシアス・ジレ・パルヴィスと彼に買われた奴隷少女のミアは、共に追撃と後退の日々を戦いぬき、そして――――。

「――……ふたりっきりに、なれたね………」

キャシアスの胸で、ミアが小さく唇を震わせた。

あの出会い、そして歓喜の日々――――。

たった数日間の、お互いの命を燃やしつくしてしまったような、あの帝都コンスタンティノヴァールでの日々。そして別れと絶望の日々を経て――――。

「――……なんだか……　夢、みたい………」

その自分の言葉を否定するようにして、ミアは男の体を抱く腕に力をくわえる。

絶望の戦場で再会した、ミアと、キャシアス――――。

その奇蹟が、導火線となったかのようなもう一つの奇蹟、帝国軍の謎の潰走に乗じての追撃戦。そして間一髪で成功したヴェネチア傭兵軍第十七連隊の後退と生還――――。

キャシアスは、目眩《めまい》すらおこさせるこの数週間の出来事の記憶を、ただ頭の中でぐるぐると回しながら、ただ――腕の中の、はかないほど細い少女の体を抱きしめていた。

「……ミア……　ミア、ミア………！」

男の口が少女の名を熱く漏らすたび、それに焼かれたように、ミアの体が震えて答える。男の体の中に埋まろうとでもするように、ミアが男を抱く手に力をこめた。

「う、ん……！　あたし、ずっと………！」

雨に濡れた軍服すら貫通して、ミアの肌と、吐息の暖かさがキャシアスの胸を焼いた。

「……夢じゃないよ、ミア……　ほら、僕も……　君も、ここにいるよ……」

「うん……　うん、うん………！」

「ずっと――ごめんね、男の子のふりなんかさせて……　冷たく、しちゃって……」

「ん、あ……　ううん……　いいの。わかってたから………」

「でも――今夜は、ずっといっしょだよ。ミア……」

「……ん、うん……！」

少女の濡れた黒髪の奥にささやいていた男が、わずかに、腕を緩めると――、

「――あ………」

まだ雨滴の残るミアの顔が、男の顔を見上げる。暖炉の炎を映した大きな黒い瞳が、自分を見つめている男の両目を捕らえ、そのまま――伸び上がるようにして、顔を寄せる。

「ミア……」

自分の名をささやく男の唇に、閉じたら涙が溢《あふ》れそうに潤んだミアの瞳が、そしてわずかに震えている唇が、そっと触れた。

「……っ、ん……」

むいた果実のようなミアの唇を感じて、男の口が、荒っぽくそれを奪う。歯の当たりそうな荒々しい口づけが、少女の体をその芯《しん》から震わせる。

「──あっ、ふ……！」

ミアの小さな悲鳴すら奪うように、キャシアスは唇を貪って──すでに欲情しきった雄の息を吐き出し、また、ミアの唇を奪う。苦しそうに顔をしかめているミアは、男のなすがままにされながら、こじ開けられたような唇の奥を、男の舌に与える。

「……ミア……　ずっと──」

「んっ、ふあ………」

キャシアスの熱にうなされたような声に、ミアは男を抱きしめることで答え──お互いの髪と頬《ほお》に指を埋めるようにして抱きあいながら、恋人たちは唇を貪りあっていた。技巧も何も無い、ただ相手の唇を飢えたように求めるだけの、キス。

熱い呼吸を吐き、盲《めし》いた虫のように舌を這《は》わせる。ミアの唇からあふれ出した唾液《だえき》を、男の唇が吸い、自分の唾液と混ぜて嚥下《えんか》し──それを少女にも飲ませ、お互いの体液を交換しながら、二人は貪りあっていた。ぐったりと、体中の力を棄《す》ててしまったミアが、男の腕にぐったりと身を預け、甘く、体を弛緩させる。

「――く………」

急に――男は少女を突き放し、溺れたように息を荒げ――、

「え……　キャス………？」

「ごめん、ミア……　――もう……」

瞳を熱で濁らせたミアの前で、キャシアスはもがくようにしてマントを棄てていた。崩れ落ちてしまいそうに膝《ひざ》を震わせたミアが、海草のように濡れた男の服に指を絡めてしがみつく。男の手が――ミアの頬を包むようにして触れ、そのまま、下がる。

「っ、あ………」

ずぶぬれの男物の服に男の手が滑ると、そこに隠されていた二つのふくらみを浮きだたせた指が、少し乱暴に服と、その下のまだ固い乳房を押しつぶす。

「くっ、ん……！　は……！」

びくっと痙攣《けいれん》したミアが、痛みをこらえるように瞳を閉じ、自分を弄ぶ男の手を抱きしめる。キャシアスは、絞り出すように息を吐き、パンを裂くような手つきでミアに小さな悲鳴を上げさせ――そのまま、襲いかかるような勢いで彼女の胸の留め具を探る。

「んっ、や……　や……　自分で、するから……」

「……ミア、ごめん…………」

男は、ミアの哀願するような声と、瞳を、やさしく無視したまま——雨が固くしていた布と留め具を、むしるようにして開き、男物の服を、少女の体から剥《は》ぎ取《と》る。

「あ……！　や、ん……　ん……」

ミアは、淡い褐色の肌を男の視線に曝《さら》され——同じ色のやわらかな頬を、ふっと羞恥《しゅうち》の紅で染めて、瞳を閉じた。自分の体を、興奮した男のなすがままにしたミアは、しゃがみこんでしまいそうになる膝と、脚を震わせて、待ち焦がれていたものを——感じていた。

「ミア……！」

「く……　ふ、あ!!」

べしゃり、と音を立てて、ミアの腕から抜かれた上着が床に棄てられる。

「あ、ん……　あたし……」

むき出しにされてしまった自分の胸に、男の手と、咬《か》みつくような唇を感じて——ミアは本物の悲鳴のような声をあげ、男の頭を抱きしめた。

「……っ！　あ……！　——キャス……!!」

肌と固いふくらみに、歯を感じた痛みが刺さる。飢えた男の口が貪るたびに、ミアは本物の痛みと、それを忘れさせる熱い、体の奥が突き上げられるような愛《いと》おしさに突き動かされて、濡れた包帯が巻かれたままの喉《のど》をのけぞらせ、切ない声を漏らす。

「……ん、っ……　ね、あなたも……　――ね、脱いで………」

ミアの吐息混じりの声も、男の耳をただ喜ばしただけで――男の手は、見えない位置にある少女のベルトを緩め、もどかしそうに、その隙間《すきま》にもぐりこもうとしてもがく。

「やっ……　も、いた、い………」

自分たちが、長靴も脱いでいないことを朦朧《もうろう》とした意識の片隅で思い出したミアが、キャシアスの手を止めようとするが――男は、雨が硬くした革をずらし、外してしまうと、ミアの首筋に唇を埋めながら――、

「……っ、あ！」

むき出しの背筋に男の手を感じ、身を固くしたミアは、自分のお腹《なか》とズボンのあいだに、もう片方の手がねじ込まれるのを感じて――それが針か刃物だったかのように、ぶるっと唇を震わせる。

「あ、あ……　あ、っ……　――や、やだ……　や……」

褐色の滑らかな肌と引き締まった腹筋の上を男の手が這い、流れる汗のように恥部へと指が滑り込む感触に――ミアは、何か怖がるように首を振って、男の頭を抱いた手に力をこめる。

「や……　だめ、だめ、っ……　ふ、あ……！」

「――……？　ミア……　嫌、なのかい……？」

怯えたように手を止めてしまった不器用な男に――、

「ん……　う、ううん……　ちがう、よ……　いいの……」

ミアは首を振って、抱きしめた男の頭に知らせると――熱くかすれた声で、ささやく。

「あたし、ね……　――いやらしくなってるから、恥ずかしい……………」

ミアのささやきに、男は濡れた肌の導くままに手を滑らせ――、

「ふ、あ………！　や、や……」

ミアの体が、魚のように反応する。力ない太腿《ふともも》の合間の、つるりとした感触の恥丘の奥でうごめいた男の指は――冷たく、そして熱い、雨とは別の粘質の体液を感じ、止まる。

「ミア……　これ……　あは、あはは……」

男の、何かほっとしたような声に、ミアは拗《す》ねたように首を振った。

「だ、だって……　――あたし、ずっと………」

「ずっと、なに……？」

「……この部屋、入った時から……　だって…………」

ミアの声が、羞恥に細くなり、止まってしまうと――ミアの恥部にあてがわれていた男の手が、音を立てるような勢いでうごめき、埋まる。

「っ、くあ、あ……！　っ、ふ……！」

男の指に弄ばれたミアの体が、刺されでもしたかのように痙攣し、弛緩し、震える。

「や、や……！　いや、あ……　キャ、ス……！」

男の指が、舌打ちしたような音を、見えないミアの恥部から溢れさせ——その音が、弄ばれる感触よりも激しく、ミアの頬を恥辱で染めた。

「あ、あ……！　も……　ひどい、よお…………　ふ、っく、っあ……‼」

腕の中の少女を、その恥部を、男は何か探すように弄び——、

「ミア、ミア……　ミア——僕の……　ミア……」

男の吐く息と言葉が、熱く、ミアの首筋と肩を焼き——ミアは羞恥と熱で濁った瞳を、自分の乳房を赤子のように貪る恋人と、その下の、半開きのズボンにもぐりこんだ男の手に向ける。性を弄られる痛みと、息の詰まりそうな快感に身を任せていたミアの手が——そっと、男の手に添えるようにして、残っていたズボンの留め具をほどく。

「ふ、あ……　ん、あっ、っ……！　ね、ね…………」

ミアが、そこだけ別の生き物のように腰と、腿をよじらせると、だぶだぶの男物のズボンは長靴の口まで自重だけで滑り落ち——、

「ふ、あ……　ん、っ……」

そこに、花の茎のように滑らかに張りつめたミアの腰と、両の太腿が現れる。厭《いや》らしい生き物のような男の手が突き刺さった恥部で、指が愛液をまとった柔肉と小さな尖《とが》りを押しつぶすたびに、男には見えていない可愛らしいお尻が、打たれたように引き締まる。

「ひ、ん……！　あ、ぁ……！　ひん………」

ようやく、男の顔が彼女の乳房から離れ——その裸体を、惚《ほう》けたような目が見つける。

「——あ……　ミ、ア………」

初めて彼女の裸体を目にしたような、完全に熱くなった男の視線がミアの肌に刺さった。

ミアの恥部から、力なく男の手が離れるのと同時に——、

「ふ、あ………」

ミアが、男の前で全《すべ》てを棄てたように——ずりおろされたズボン、そして棄てられた服の上にしゃがみこんだ。弛緩し、閉じきれない太腿の合間から、男の指と愛液が汚した性が怯えた唇のようにのぞいて、男の視線と、その欲情に晒《さら》される。

「あ……　や、ん……　も、立て、ないよ……」

ミアが、拗ねたような声を出すと——彼女が、手で胸と、恥部を隠す前に——、

「……！　ミア……!!」

男の手が力ないミアの膝に手をかけ、それを割って——そこに、彼女を裂くクサビのような形で、男の体が襲い、のしかかった。濡れた服を着たままの男が、自分の服を脱ぐのももどかしく、ミアの体を割り——がちゃりと、剣帯をしたままの腰帯を床にぶつけて、愚かな犬のように息を荒げてミアを求めていた。

「も……！　あ、や……　キャス……！」

「ミア、ミア……‼」

自分の名を、何度も何度も、熱にうなされたように口にし、飢えたように唇を奪ってくる男に——ミアは、やさしく開いた瞳をまた、閉じ——戦場で兵士に犯される女そのままの姿で男に貪られている体を、甘く弛緩させる。

「っ……！　ん、ふ………」

咬みつくようなキスに、ミアは蜜のような唾液と舌で答え、興奮しきった男が咳《せ》き込むように溢れさせる唾液も、自分のそれと混ぜ、男に解るように嚥下し——また求める。

「あふ、あ……　キャス……！」

キスの合間に、溺れたように空気を求めて喘《あえ》ぐ男の耳元に、ミアは恋い焦がれていた男の名をささやく。男が、彼女の唇、そして肌と乳首を求めてうごめく間に——、

「……ミア、ごめん……！」

キャシアスは、謝りながら自分の剣帯と、その下の帯に手をかけて緩める。惜しげもなく剣とベルトが投げ捨てられ、それは階下に響きそうな音を立てるが——恋人たちは耳のない生き物のように、お互いを求め続け——、

「……っ、く……！」

男が腰帯を緩めると、いつの間にか、そこに這ってきていた少女の細い指が、濡れた布の奥の怒張に、そっと——指を添わせて、愛おしそうに撫《な》でさする。男が歯のあいだから

呻《うめ》きを漏らすと、二人の指が、男の帯を緩め、その合間から木のように固くなった勃起を引きずり出した。

「ふ、あ……！」

手に触れた男の怒張、その感触だけで、ミアが貫かれたときのように身を震わせ、こらえきれないような嬌声《きょうせい》を漏らす。

「あ、あ……　ね、ね……　ここで………　このままで、いい、よ……」

虚《うつ》ろに開き、欲情と熱、愛おしさで潤んだミアの瞳が男を見つめ——少女の手の中では邪悪なもののように見えている勃起を、ミアの指が、自慰するようにそっと愛撫《あいぶ》する。

「く、っ……　ミア……」

激痛のような快感に背骨を震わせた男は、歯を食い縛って言葉を切ると——自分を見つめる、熱く濁った少女の瞳に引き寄せられるようにして唇を重ね、そしてすぐ離し——、

「あ、ふ……！　くふ、っ、ん……！」

脚の筋が浮き出るほど、無残なほどに押し広げた少女の太腿のあいだ——殻をむいた茹《ゆ》で卵のような恥部と、その奥の肉唇に、男は勃起を見せつけるようにして身を起こす。

射精している時のように脈打つ、ミアの細い体には凶器のような大きさの勃起。それにそっと向けられた恋人の瞳を感じながら、男は少女の恥部に、何の技巧も無い指を刺し、

「っ、あ！　ふあ、あ……！」

びくっと、ミアが両の脚をよじらせ、刺さった男の指にかすかな抵抗を感じさせる。

「――熱い……」

惚けたように、その感触に目を細める男に――ミアが、泣きそうな声で――求める。

「ん……　も、お……！　ひどい、よお……　――ね、ね……　ね……」

「う、ん……」

男は、ミアの恥部に――唾液を吐きかけたような、糸を引きそうな愛液がにじんだ、癒《なお》りかけの傷口を思わせるミアの性を――数本の指で押し広げ、そこに、凶器のように握りしめた勃起の怒張した先端を、刺す。

「……っ、く、あ……！」

男の先端が、冷たい体液と、自分の指がこじ開けたミアの恥部を感じる――その感触が引き金になって、男は腰を、獣のような呼吸と同時に沈めた。

「んっ、あ……！　は……!!」

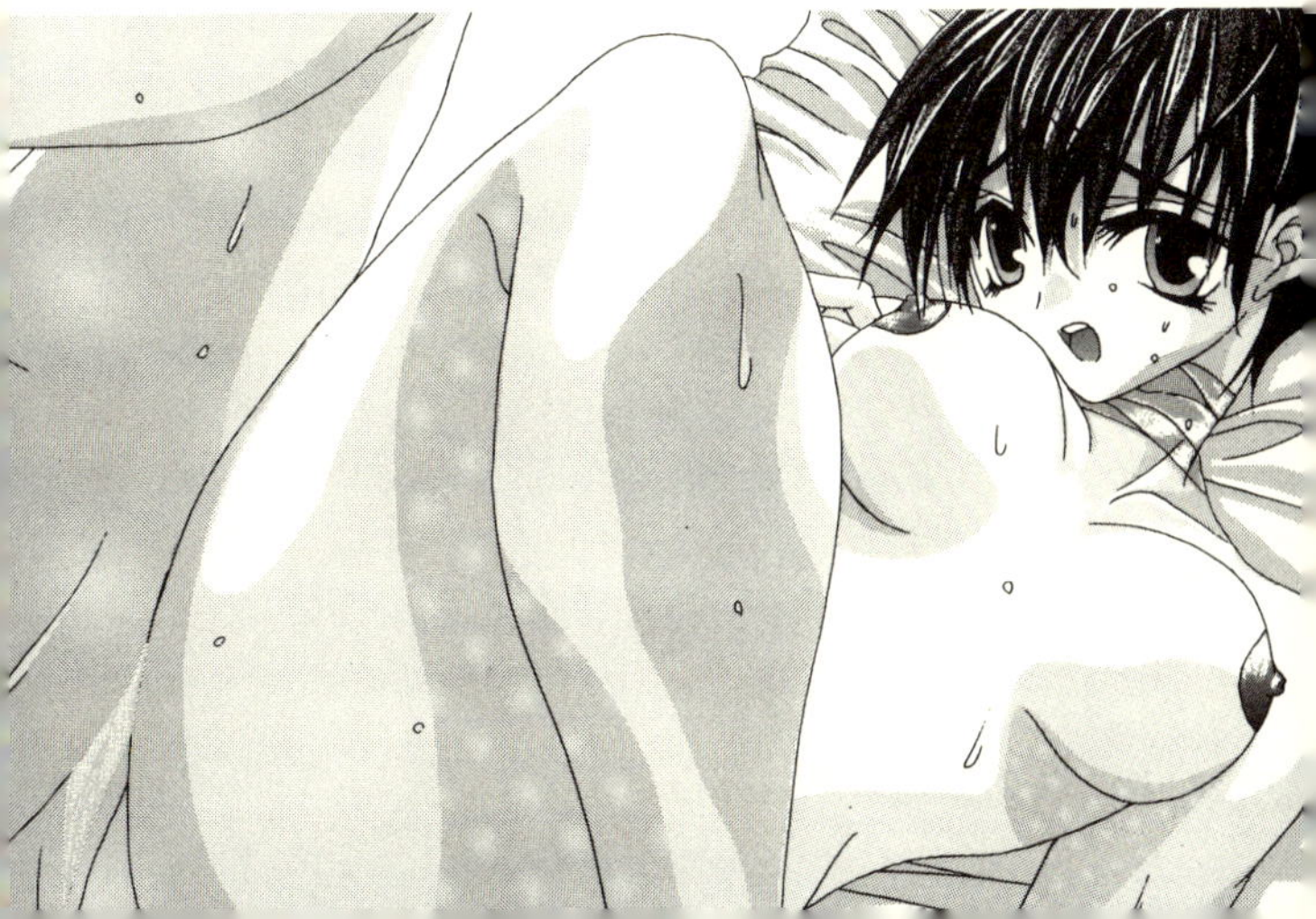

恥部に、男の吐息より熱い塊を感じたミアが、びくっと背筋を震わせる。

冷たい愛液と、その奥の温かな肉を勃起の先端で貪った男は、我慢できず――、

「く……　ごめん……！」

入り口と肉襞が、すでに男を拒絶しているように狭いミアの、まだ子供のような性に、キャシアスは腰を叩《たた》きつけるようにして勃起をねじ込み、突き刺した。

「っ、ん！　ふ、あ、あーっ……‼」

ミアの唇から、堪え切れなかった悲鳴が小さく、ほとばしった。彼女の細い体が、勃起から逃げるようによじれ、濡れた肌に肋骨《ろっこつ》が浮かび上がる。

だが――何も考えることができなくなっている男は、ミアの両の乳房を捕らえ、揉《も》み潰《つぶ》すようにして苛《さいな》み――彼女を逃がさず、腰を、勃起をミアの胎奥へと突く。

「くっ、ん……！　んっ、あ……！」

ミアが嫌がるように首を振り、閉じた目の端から涙を流す。痛みに震える唇から、真っ白な歯が小さくのぞき――それが、また固く閉じられ――犯すような恋人の腰使いに、ミアは耐えていた。

「う、くっ……　――ミア……！」

「っ……！　く、ううっ、ん……！」

握りしめられるような、狭いミアの性を貫いた男が――その怒張した先端でミアの胎内

の奥を感じ、彼女の名前を息と一緒に吐きだす。最奥まで男に犯され、子宮を男の性器で嬲《なぶ》られたミアが、声にならない雌《めす》の悲鳴を、のけぞった喉の奥から放つ。

「あ……！　ふ、あ……!!」

ミアの、自分でも制御できない痙攣が勃起を締めつけ、男を呻かせる——それに耐えるようにして、男が愚鈍な動物か何かの器械のように、ミアの上で裸の腰を揺する。

「……あ！　あ、あ、っん……!!」

ミアの背骨が、弓のように反り返り、両の手がキャシアスを押しのけようとするかのように、彼の胸に当たってぴん、と伸びた。一瞬後、その腕は男の背に回り、はかない力で、ぎゅっと抱きしめる。

「ひぅ、う、ん……！　あ、ん……！」

ずり落ちたズボンと長靴に拘束されたままのミアの両脚が、ぎこちない腰を揺する男を挟み、その動きを最奥で封じるようにして、よじれる。

「——ミア、ミア……」

ミアの首筋で、男はうなされたように彼女の名を繰り返し――そして――。

びくっと、男の背骨が痙攣するのを感じたミアの手が、さらに強く男を抱きしめる。

「あ、あ……！　ね……　キャス、あ……!!」

ミアのささやきに、男は腰を数度、揺すってから――彼女の子宮をこじ開けるように深く、突き刺し、そこで巻き固められた発条《ばね》のように身を震わせ――放った。

「――くっ……!!」

ミアの胎内で、男が爆発したかのように大きくなり、熱く震えた。

「んっ!!　……あ、ああ……!!　――………は、っ、あ…………」

何度も、何度も、ミアの中で男は震え、放ち――そのたびに、ミアはその唇から男を溶かす甘い悲鳴を漏らし――二人は、最後の一滴まで、貪欲《どんよく》に交わし続ける。

「は……　あ、は………　は………」

ミアが、呼吸を取り戻して胸をふくらませ、小さな乳房を揺らせる。その彼女の上で、川の牡鮭《おすざけ》のようになって精を放っていたキャシアスが――がくっと力を失い、ミアの胸の上に崩れ落ちた。

「あっ、ん……！　も、あ……　キャス、キャス……！」

「――ミア……　はは……　ミア……」

雨ではなく、新鮮な汗で裸体を濡らしたミアが、弛緩した腕を伸ばして恋人の頭を支え、抱きしめる。キャシアスは、溺れた男のような呼吸が収まらず、ミアの胸に抱かれたまま彼女を自分の重さで喘がせる。

「ね、ね……　キャス………」

ミアのかすれた甘い声と、手が、キャシアスの首を導き――熱と汗で顔を汚した恋人たちは、性器を絡みつかせたまま、だらしなく開いた唇を重ねあう。

「ん、ふ……　ふ、あ……　――……あっ、っ……!!」

男がミアの舌を貪ると、その動きで、彼女の胎内から硬度を失って縄のようになった勃起が抜け落ちる。それが残した心地良い痛みと、疼《うず》くような快感に、ミアの顔が可愛らしくしかめられ、男から背けられた。

「ん、っ……　あ、あ………」


キャシアスは、ミアの唇から顔を離すと――ようやく――。


「――えっと…………　あ、わ……!?」

自分とミアが今、どんな有り様か――。

「――うわ………」

もう一人の自分が、この睦《つむ》み合う二人を見下ろしているかのように、キャシアスは自分たちが、どれだけはしたない姿でいるかを悟って赤くなった。

……脚を、ずり降ろされたズボンと長靴で縛《いまし》められたミア――その彼女を、まるきり犯したような自分が、ズボンの前だけを開けて、ミアに…………。

その自分の下では、閉じた目蓋《まぶた》から涙をにじませたミアが、可愛らしい胸を唾液と汗でべっとりと汚され、すすり泣くような呼吸をただ、繰り返していた。

「ふ、は……　あ…………」

むき出しの木の床の上で、ミアは瀕死《ひんし》の兎《うさぎ》のように震え、甘く脱力し――男がこじ開けたままの、恥毛の痕跡《こんせき》も無い子供のような恥部から膿《うみ》のような吐精をにじませていた。

月の巡りさえ良ければ、間違いなくミアを妊娠させられるだけの精液を彼女の胎内にぶちまけ、溜《た》っていた欲情を吐き出したキャシアスは――気恥ずかしそうに、言った。

「――……ごめん、ミア……　なんだか…………」

情けなく声を細くしたキャシアスに、ミアは、そっと目を開き、

「えっ……　なあに……？」

ミアが、朦朧とした瞳を少しさまよわせ――キャシアスを見つけて、ほほ笑む。

「……ごめんね、ミア……　乱暴に、しちゃって……　――痛かったろう？」

「ん……　ううん……　――いいの。キャスが……　いい、なら…………」

満ち足りたほほ笑みと、声に、キャシアスは逃げ出したくなるほど気恥ずかしくなった。

「――ごめん………」

「いいの……　あたし、ずっと……」

「――えっ……？」

「あなたに、ね……　こうして………」

ミアの瞳が、すっと細くなって涙を溜めると――細い魚のような両の手の指が、そっとキャシアスの頬と髪を撫で、そのまま、確かめるようにして顔を愛撫する。

「あなたと、ね……　ずっと、こうしたかった、の………　――ずっと………」

「ミア………」

キャシアスは身を起こし、自分の頬を撫でるやわらかな指を手で捕らえ、その手のひらに唇を押し当て――ようやく――自分が、どれだけこの少女に恋い焦がれ、自分もどれだけ彼女と抱き合うのを夢見ていたかを思い出していた。

ミアの指が、男の唇にそっと触れ、求めるようにうごめくと――キャシアスは何の躊躇《とまど》いもなくその細い指に舌を這わせ、口に含み、舐《な》めて味わう。

「……んっ、やん、くすぐったいよお……」

自分が舌を這わせ、軽く歯を立てるたびに少女がくすぐったがるのが愉快で――キャシアスは、その他愛のない後戯を床の上で絡みあったまま続ける。

「や、あ……　も……　食べちゃ、やだよ……」

「──食べない、けど……　味がする。甘いよ、ミア。お菓子みたい──」

「も……！　や、ん……　やだ、あ…………」

くすくすと、小さく胸を揺らしながらミアが笑う。キャシアスもそれに釣られ、笑い、指から離した唇でミアの笑いを封じて、今度はゆっくりしたキスを────。

「あ……　ん、む…………」

舌が痛くなるまでお互いの唾液を飲みあった二人が、見つめあったまま、離れる。

ミアが、床の上に投げ出された形の自分の裸体に、ふと目を──。

「──あ……　や……　あたし…………」

急に、ミアの瞳が泣き出しそうになると──彼女の腕が、今さらのように胸と、べったりと汚された恥部を隠し、体は子供のように丸まって、うずくまる。

「あ、あたし……　やだ……　──どうしちゃったんだろ…………」

「どうしたの、ミア……？」

「う、う……　あたし……　──なんだか、いやらしい…………！」

丸まったミアは、ちらとキャシアスを見ると──ぱっと、両手で顔を隠して、さらに丸く──自分の体の中に隠れるかのように小さくなった。

「やだ……！　見ちゃ、やだ……！　あたし、こんな…………」

ようやくキャシアスは──ミアが、自分と同じように相手を求め、欲情で身を焦がしていたことが――自分を迎え入れた艶《なま》めかしいミアが、今ごろになってそれを恥ずかしがっているることに気づいた。

「も……　やだ、やだ……！　あたし、さっき……！　いやらしい………」

泣きそうな声を、自分の顔を被《おお》った手の中に沁《し》みこませているミア――彼女を見つめたキャシアスは、ほっとしたような、愛おしさと安らぎが一緒になったような気持ちになって、ミアの黒い髪に指をさしいれて、くしけずって愛撫する。

「――いいの。僕は……　いやらしいミアも、大好きだから……」

「……も、お……！　あたし……　へんに、なっちゃってたよう………」

「僕もだよ――」

キャシアスは、丸くなったミアの体――何かの果実そっくりのお尻と、太腿にべったりとこびり付いている二人分の体液と、わずかに見えている肉色の唇に愛おしそうな視線を、そしてそっと、指を這わせる。自分の放った精液とミアの体液が、糸を引きそうに粘る。

「……きゃ、う！　やだ、見ちゃやだ……」

恥部を愛撫されたミアが、びくっと震えて跳《は》ね起き、拗ねて泣き出しそうな目でキャシアスを見つめた。

「も……　キャス、もう……！」

一度、放ったせいか――先刻《さっき》までの、頭の中が白くなってしまいそうな情欲はだいぶ収まっていた。キャシアスは、泣き出しそうなミアの頬を撫でてやってから、ズボンをずり上げ、軽く帯を締める。

「ほら、ミア――靴と、ズボンを脱がしてあげるから」

キャシアスが、ミアの長靴を緩め、脱がせようと手をかける。

「ん……　うん……　――恥ずかしい、よう…………」

「大丈夫だよ――僕しか、見てないじゃないか」

「ん……　でも…………」

子供染みたしぐさで胸を隠したミアは、雨を含んで泥の塊のようになっていた長靴を脱がされ、ズボンも、しなやかな両の足から抜き取られる――。

「あ……　――……ふ、あ……」

全ての被服を脱がされたミアが、キャシアスの体を杖《つえ》にして、よろめく足で立ち上がる。

「っ……　あ……　立つと、まだ……　痛い……」

「ごめん――ミア………」

キャシアスは、夢の中での光景のような――一糸纏《まと》わぬ裸体で立つミアを支えてやりながら、また――自分の腹わたの奥が熱くなってくるのを感じていた。

ミアは、裸体を男の胸に埋め、すがりつくようにして立つと、

「……キャス……　――あたし、いま、ね……　うれしいよ…………」

たどたどしく、胸の中の言葉をささやく少女に——キャシアスは、彼女を壊してしまいそうになるほどの衝動を感じ、だが、今度はそっと両手を少女の肩に置いた。

「僕も、だ……　——ミア、寒いだろ……？」

「ん……　——あ……　キャスも、服、脱がないと。ごめんね、気づかなくて……」

「いいさ。僕は慣れてる——　……暖炉のほうに、行こう」

キャシアスはミアを抱きかかえるようにして歩かせ、今まで、忘れ去っていた暖炉の炎のほうへ体を向けた。その踊る炎は、逆に、部屋の空気の冷たさと冷え切って凍えた自分の体をキャシアスに思い出させた。

キャシアスは、脱ぎ散らかしたマント、そしてミアの服を暖炉の脇《わき》に掛け、半ば乾かすのをあきらめた彼女の長靴もその下に並べた。

それを、じっと見ていたミアが——服を脱ごうとするキャシアスに、再び、寄り添う。

「……今度は、あたしが脱がせてあげる、ね……」

「だ、大丈夫だよ——そんなの……」

自分の軍服の留め具にミアの指が伸びると、キャシアスは急に気恥ずかしくなった。その彼に、ミアは小さな笑みを向けて、濡れて木のように固くなった服を器用に脱がす。

「——………」

男の腕から濡れたシャツを抜き取り、跪《ひざまず》いて長靴を脱がせたミアは——そのままの姿勢で、逆にうろたえ出した男の腰帯を緩め、ゆっくりとズボンを降ろす。

「――ん………」

小さく、ミアが喉を鳴らすようにささやく――彼女の目の前で、もう、精をまき散らしたくなって怒張し、反り返った男の勃起が脈打っていた。

「……く、ミア………」

ミアは、愛おしそうな瞳で彼女には大きすぎるそれを見つめ、そして立ち上がる時に、鼓動する勃起にそっと触れ、頬ずりして離れ――男を、残酷に刺激する。

「……あ、は……　うれしい――」

そっと告白するようにささやいたミアは、キャシアスの首に両腕を回し、つま先立つ。

「えっ……？　なにが、だい？」

「だって――　……キャス、あたしを欲しがってくれてる、から………」

「あたりまえじゃないか……　こんな、可愛くて、いやらしいミアだから――」

「も……　やだ………」

滑らかなお腹の筋に、勃起を突きつけられたミアが、くすくす笑って離れ――、

「じゃあ……　着替え、するね――」

その言葉に、キャシアスにしてはめずしく、はっきりと即答した。

「だめだよ――今夜は、ずっとそのまま」

「えっ……　ずっと、はだか、で……？」

「ああ。僕もそうするから——　……ミアを、ずっと見て、こうしていたいよ……」

キャシアスは、ミアの腕を捕らえ、抱き寄せてその小さな耳にささやいた。

「あ……　——ん、うん……　じゃあ……　体、拭いてあげる、ね………」

恋人たちの裸体が、相手を何かから庇《かば》うようにして、そっと重なる。

「ミア………」

「ん……　うん……　——あは、は……　すごく、うれしい………」

「僕もだ——」

小鳥が、ついばみあうようなキスを数度、交わしてから——。

キャシアスが暖炉の炎に、楡《にれ》の薪《まき》を数本投げ込んだ。ばちばちと爆ぜ、ゆれる炎の光芒《こうぼう》の中で、冷めかけた湯桶と布をミアが運び——彫像のように立った男の前にひざまずく。

「じっと、しててね………」

器用な少女の手が、ほどよく湿った布で男の体を擦《こす》り、こびり付いた汚れと汗を拭《ぬぐ》って動く。その慣れない感触に、男の口から愛撫されているような呻きが漏れると——ミアは、小さく子供のような笑みを浮かべ、奉仕を続ける。

「きもち、いい……？」

「あ、うん……　……なんだか——」

すでに、若木のように固くなった勃起を、わざと避けるようにして垢《あか》を拭っていたミアが、少し困ったような顔になって――新しく絞った布と、爪《つめ》で男の勃起を拭った。

「ごめん、ね……　じらしちゃった………」

一度精を放った後の、快感だけに貪欲になっている硬い男を暖かな布が包み込んで残酷に刺激する。自慰とは別の快感に男がうつむき、堪え切れない息を漏らすと、ミアの指と爪が、躊躇うようにして縮こまった袋を揉み、垢をこそいで――男を呻かせた。

「あ……　痛い……？」

「いや、いいよ……　――はは……　馬鹿《ばか》になっちゃいそうだよ……」

「だめ……　まだ……」

男の体を拭き終えたミアは、すっかり汚れた布を、これも暗い灯の下でも解るほど濁った湯桶の中に入れて濯《すす》ぎ――その布を手に、そっと湯桶の中に足を入れ、立った。

「あたしも、洗うね……」

「――ごめん、先にミアが洗ったほうがよかったかな」

「ん、ううん……　だめ――あたし、これでいいから……」

ミアは小さく首を振ってほほ笑み、そっと、湯桶の濁った水の中にしゃがむ。

ちゃぷり、とミアの肌と水が触れた音が部屋の中に見えない波紋を広げる――。

「――………」

キャシアスは、しなやかな裸体を拭い、湯浴《ゆあ》みしている恋人の姿に、視線と一緒に意識まで奪われたようになり――その秘めやかな少女の動きを見降ろしていた。自分がべったりと汚した太腿の内側が、ぬらっとした汚れで卑猥に汚れていた肌が、わずかの水で元の蜜色を取り戻し、魔法のようにまた、男の欲情を燃やす艶《つや》を放ち始める――。

「――あ……」

急にキャシアスは、自分が、世界で一番美しい光景のその前で――情けない全裸で、しかも盛った犬のように男根を勃起させているのに気づき――急に、体中が萎《しお》れてしまいそうな気恥ずかしさに襲われた。

「は、はは……　なんだか――」

「え……　どう、したの……？」

情けなさと照れが苦笑させているキャシアスの前で、ミアは、何かの絵のようなしぐさで男を見上げる。清浄さを取り戻した、切った果物を張り付けたような乳房が

小さく、腕のあいだで歪《ゆが》み――意識しないその妖《あや》しさが、また、男を愚かな雄へと連れ戻す。

「う、うん……」

キャシアスは、自分でも止められない衝動に負けて――。

「――ミア……　きれいだ………」

その言葉を溝《どぶ》に棄てるかのような行為を――そそり立った勃起に手をかけ、自分で手淫《しゅいん》し、それをミアの前で――続ける。冒涜的《ぼうとくてき》なその快感に、男の目が虚ろになる。

「ミア………」

破戒的な肉の摩擦音が、強い雨脚が鎧戸《よろいど》を叩く音に混じる。ミアは、わざと困ったような顔で湯桶から立つと――麻薬の肌に水滴を流しながら――唇を舌で濡らす。

「も……　どう、したの……」

「僕は……　どうかしちゃったみたいだ……　はは……」

「――だめ……　あたしが、するの………」

ミアは、小さく尖らした口元でそっとささやくと――水滴の残る裸体を、キャシアスの前に運ぶ。荒く削り出された木の床に、ミアの残した黒い染みが広がった。

「ね……　あたし、も……　――いやらしくって……　なんだか、へん………」

「はは……　僕は――いやらしいミアも、大好きだよ……?」

「う、ん…………！　よかった…………」

ミアは、刃物のように突き立った勃起の前で止まると――夢を見ているように潤んだ漆黒の大きな瞳で、じっと、男の目を見つめた。

「ね……　信じて、くれる…………？」

「――……？　何を、だい？」

「あたし……　ずっと――あの時から、ずっと、ね……　あなたのことだけ、考えて……会いたくて、哀しくって……　それだけで、死んじゃいそうだった………」

瞳を絡みあわせたまま――少し躊躇うようなミアの両の手指が勃起を包み込んだ。

「あたし、こんなに……　いやらしい、けど……　――ね……　あなた以外の、ひと……見たり、触ったりしていない、よ…………？　ほんと、だよ…………？」

ミアの瞳に、何かすがるような、哀しそうな色がさっと浮かぶと――、

「はは……　信じているってば、ミア」

「ほんと……？」

「だって――ミアは、僕のものだし……　僕は、ミアのもの、じゃなかったの？」

キャシアスが、快感に震えそうになる声で、何とか笑い――ミアにささやく。

「……ん、うん……！　――ごめん、ね……　へんなこと、言っちゃって………」

「うん――いいさ……　ミア…………」

男が、ミアの短く刈られた髪に手を滑らせた。ミアは一時だけ、泣き出しそうな笑みを浮かべたが――すぐ、その瞳に浮かんだ涙は、何か別の輝きに取って代わられ――、

「ん……　うれしいな……」

「――えっ……？」

「あたしで、こんなに……　――こーふん、してくれて………」

ミアは、子供っぽく見える笑みと、大きな瞳で男を見つめたまま――そっと、柔らかな布を落したように、ゆっくりと身を沈めていった。男を見上げながら――、

「……ミア？　えっ……」

「ん……　そのままで、いて………」

何か、懺悔《ざんげ》するように――男の勃起を、崇拝でもするかのように――ひざまずいたミアは、瞳を男の顔から、ゆっくりと、脈打っている先端へと滑らせる。細い指が包み込んだ勃起の先端に、何かの火か銃弾のようなミアの視線が刺さり――慣れない快楽が男をうろたえさせる。

「ふ……　あ、っ、ん………」

まさか――と、男が驚く前に――。

そっと眼《め》を閉じたミアの唇が、何かの花弁のように開いて小さな舌をのぞかせると――。

火傷《やけど》するほど熱い吐息が、勃起に、陰毛まで焦がしそうになるほど優しくまとわり付き、

それが消える前に——指が剛肉と包皮を弄んで動き——、

「ん……　っ、ぬ……………」

どす黒く膨張した亀頭に、ミアの可憐《かれん》な唇と舌が、そっと触れて唾液の糸を引く。

「——うっ、わ……」

男が間抜けな声と息を漏らすが——ミアは、意に介さず——屈辱的に見える奉仕を続ける。キャシアスも、女のこういう技巧が有るということぐらいは聞きかじっていたが——それを実際に見、そして受けるのはこれが初めてだった。

しかもそれは——自分が、純血を散らした恋人の少女が————。

「……っ、む……　——ん……　は…………！」

ミアの小さな口内には、男の勃起は大きすぎたが——だが、ミアは何かの儀式のように、凶器の硬度を持った男の肉塊を責め、はしたないほど大きく、舌と口を、使う。

ミアの指が、肉茎《にくけい》を執拗《しつよう》に、そして間断を持って手淫し——。

ミアの舌が、濃い唾液でべったりと勃起の先端を嬲り、吸って——。

熱い息を漏らす唇が、糸を引く唾液を拭い、それを嚥下し、火のように男を焼く。

「く、う……！　ミア、待ってよ——」

キャシアスは、尻餅《しりもち》をついてしまいそうな、脚の力が抜ける快感に抵抗できなかった。

よろめきそうになった男の耳に、熱くささやくミアの声が、刺さる。

「……いい、よ…………　もう、ずっと……　何度でも、してあげるから…………」

「く……　――ミア……」

女の――いや――ミアの膣《ちつ》と子宮を犯す時とは全く違う、狂ってしまいそうな快感。

男は、抵抗するようにミアの髪に手を置くが――、

「く……！」

先走りの、気味の悪い快感が男をうつむかせた。

「……っ、む、ぬ……！　あ……!!」

さあっと、音もなく――勃起の先端が漏らしてしまった吐精が、数度、脈打ってミアの唇と指を、その下の、揺れていた可愛らしい乳房に糸を引いてへばりついた。

「く……　ごめん、なんだか……」

「はっ……　ふ、あ…………　――あ、ん…………」

男は、射精の快感が消える前に襲ってきた、情けなさと恥ずかしさの混じった鬱《うつ》で死にたくなったが――ミアは、ぼうっと夢見るような瞳のまま、自分を汚した精液を指に絡め――指を添えた勃起の先端に、頬ずりするようにして残りの粘液をぬぐい取る。

「ん……　――いっぱい……　だね……」

「う、うん……　その――」

「キャスが気持ち、いいなら……　あたし、うれしい…………」

冒涜的に汚された顔のミアが、ぼうっとした瞳でほほ笑みながら——指と、頬と、そして唇についていた吐精を、小さな舌で舐めとって粘質の音を立てる。

「わ……　ミア……？」

「あなたのだから……　——いいの……　あたし、なんでもするよ………」

ミアは、小さな胸のふくらみにこびり付いていた白濁を、そっと指で拭うと——、

「あたし……　ずっと——欲しかった、から………」

ミアの裸体が、脱力している男に寄り添う。反射的に、男がミアの裸体を抱き寄せると——精液で粘ったミアの指が、彼女の恥部にそっと隠れ、小さな音を立てて——埋まる。

「……あ、っ……！　ずっと……　キャス……！」

キャシアスはその声に答えるかわりに、ミアを抱いた腕に彼女が痛がるまで力を込めた。

「ミア……！」

「ん……！　あたし……　うれしい、うれしい、よ………！」

泣き出しそうなミアの声を、男は奪うようなキスで塞ぐ——そこに、自分の精液が流しこまれたはずだが——その冒涜さえも、すでに男は捨て去っていた。

「ん、ふ……　あ、ふ………」

お互いの、精液の生臭《なまぐさ》さを放つような性器を弄びあいながら、恋人たちは抱き合う。

飽くことのない口づけと、手淫——それが、荒い呼吸とともに止まる。

「……何か、食べようか……？」

「ん……　うん。ごめん、ね……　お腹、すいてたの……？」

「いや——平気だけど、喉が乾いたよ」

恋人たちは、双子宮の兄弟のように裸体を寄り添わせ、数歩を共に歩く——。

テーブルに用意されていた夕食はすっかり冷めてしまっていた——。

キャシアスは酒瓶の封を歯で食い破ると、その中身を確かめるようにゆっくり舐める。

凍らせて強くしたぶどう酒が、沁みるような酒精と甘さで喉を洗って流れる。

「……少し強いけど、飲むかい？」

「うん……　——ね……」

ミアの悪戯《いたずら》っぽい瞳の色にねだられた男は、ぶどう酒を口に含み——、

「——……は、ん………」

ミアの唇を探り——おそるおそる開いた二つの唇が、唾液でぬるくなった酒を口移しで飲ませ、それを含んで飲み下す。

「あは……　なんだか……　こんなことして——バチが、当たりそう……」

「平気だよ——ほら……」

「……ん、う………　っ、は……」

数度、男の口移しでぶどう酒を飲まされたミアは、良い夢でも見ているかのような顔で瞳を閉じ――小鳥のように、男の胸にもたれかかった。

「ねえ……」

「――なんだい？」

「……困らせて、いい……？」

「――……？」

キャシアスが沈黙で答えると――ミアは、恋人の手を探り、握りしめ――言った。

「ずっと……　――こうしていたい……」

「――うん……」

「でも……　――……ごめん、ね……　もう、言わないよ……」

キャシアスは――ミアが、涙を流したのを感じていた。

「いいんだ、ミア……　――この戦争が終わって、生き残れたら、きっと……！」

「ん……　――ありがと……　でも……　でも……！」

ミアが――くるっと向き直り、キャシアスの裸の胸にしがみついた。

「でも、あたし……　キャスの奥さんには……　なれないから――」

キャシアスは――言葉をかけることができなかった。

ヴェネチア貴族の、嫡子の自分が――ミアのような非西欧人の、褐色の肌の娘を娶《めと》ることなど許されるはずもなかった。彼の家がそれを許す前に、ヴェネツィア共和国の元老院がそんなことを許す訳もなかった。

キャシアスは――この少女のためなら、全てを棄てるつもりでいた。だが――。

ミアは、それを望んでいないことも――解っていた。

それが――――――彼には一番、辛かった。

「ごめん、ミア…………　でも――でも、きっと僕は君を……！」

「ん……　いい、の――」

ミアは、泣き出しそうな声で小さく、ささやき――涙で濡れていた頬を男の胸で拭い、胸板についばむような口づけを続けて――、

「あたし……　あなたの赤ちゃん、産めれば……　――それで、いいの……」

キャシアスは、自分が泣き出してしまいそうになった。

だが――ミアが泣いていないのに、自分が崩れるわけにはいかなかった。

「――産んで、くれるんだろ、ミア？　君そっくりの、可愛い女の子――」

「……あ、あ……！」

その言葉に――――――。

ひどく遠く感じる、あの帝都での出会いと、恋に落ちた日々が二人のあいだに甦《よみがえ》る。

「……だめ……！　あなたにそっくりの、黒い髪の男の子……！　産むの……！」

ミアがひどく子供っぽい声で拗ね、男の顔を見上げる。

「ね……　今度は…………」

ミアは、自分のお腹に――滑らかな腹筋の筋と、そして――あの時彼女に刻まれた弾傷を手術した傷痕《きずあと》が残る、無駄な肉のついてない綺麗《きれい》な下腹に手を這わせた。

「……赤ちゃん――出来る、かな……？」

その言葉は――。

二人のあいだを未《いま》だに隔てる、全ての闇と、罪と、運命を――消しこそしなかったが、一時だけ、忘れさせてくれた。

「――ああ。この戦争が終わったら――」

男は小さなミアの体を、少し危なっかしい手つきで抱き上げた。

「きゃ……!?　――あっ……　なに……？」

「僕は、ラグーザに別荘を持ってる――それをミアに上げるから、君は、そこに僕の子供と一緒に住むんだからね。嫌がっても……　駄目だからな」

「えっ……!?　でも――」

「国に帰ったら、僕は適当な女と――どこかの良家の娘と結婚するよ。その女と、後継ぎ

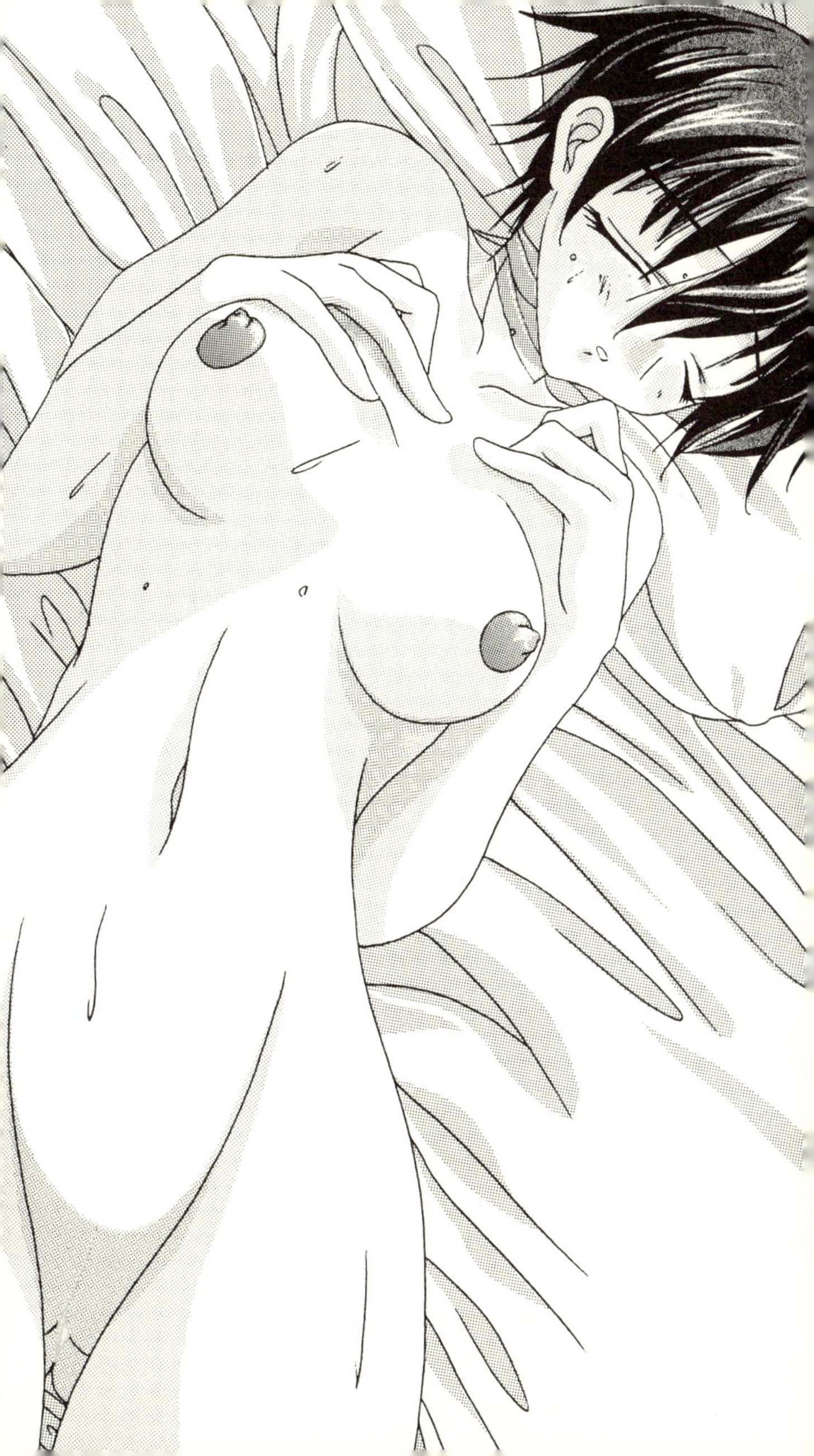

の子供はつくるけど……　本当に欲しいのは――ミアそっくりの、可愛い女の子だよ」

ミアを抱き上げ――ベッドのほうへ歩きながら、キャシアスはミアに笑って言った。

「僕は――そのつもりだ。だからミア………」

「う、ん………！」

ミアは、男の腕の中で子供のように身を丸くし――固く閉じた瞳から涙を流した。

「キャス、あたし………！」

「――なんだい……？」

ベッドに、そっとミアを横たえて――男は、その傍らに腰を降ろした。

「あたし、あの時………　――あなたに買われて……　よかった………！」

「――ああ。僕もだよ、ミア……　かわいい、ミア………」


キャシアスは、濡れていたミアの睫毛《まつげ》を指で拭い――彼女の裸体に、再び高まって熱を持ってきた手を這わせた。

「……ん！　……あっ………!!」

少女の体が、男を求めて楽器のように震え、甘い嬌声を唇から漏らした――――。

＊

ザグレブのヴェネツィア軍陣地は、夜の闇の中、静かに最後の時を迎えようとしていた。

指揮官用の天幕の中で――ヴェネツィア傭兵軍第十七連隊の参謀、そして指揮官のヴェネツィア貴族、キャシアス・ジレ・パルヴィスは、明日の攻撃の最終確認を終え、泥のように疲れ果てた体を、質素な寝台の上に横たえた。

ゆっくりと――睡魔ではなく、絶望が彼の意識を暗くしてゆく。

明日――彼の連隊は、圧倒的な帝国軍の――アナトリア軍団の精鋭二万の軍勢の矢面に晒される。恐らく、いや、ほぼ確実に、今度こそ連隊は壊滅し、自分も死ぬのだろう。

キャシアスは、呼吸の詰まりそうな絶望を――眼を閉じ、ただ、受け入れる。

明日、自分は死ぬ――。

それが、あの少女を苦しめてしまった罪への贖罪《しょくざい》となるならば、キャシアスは何度でもその死を受け入れただろう。だが――今となっては、全てが無意味だった。

ミア――。

絶望の中で、彼は愛おしい少女の名前を繰り返す。彼女を失ってしまった過去が、死への恐怖すらかすませる絶望となって、何度も何度も、キャシアスを苛みつづける。

あの時、奴隷市場で褐色の肌の美しいミアを買った時から――。

まだ子供のような彼女と、小鳥のように寄り添って過ごした短い日々――。

ミアを追ってきた、信じがたい彼女の過去すら受け入れ、恋に落ちたあの時――。

そして――二人だけの一瞬を、永遠と信じて抱き合っていた、拙《つたな》い性愛の夜――。

その全てが――――。

ミアを失ってしまった今となっては、キャシアスを何よりも辛く苦しめていた。

ミアはきっと、あの時、帝都で死んでしまったのだろう――――。

銃で撃たれ、苦しんでいた彼女に、さらに手術などという野蛮な苦痛を与えてしまったことを後悔しながら――だがキャシアスは、やはりミアへの想いを棄てられず、今日まで生きてきた。

だが、それも――明日で、終わる――――。

キャシアスは、ふと、絶望と後悔の想いの中――。

もし――ミアが生きていて、今の自分とまた出会えたら、と――他愛のない妄想を脳裏に思い浮かべていた。そうしたら——自分は、どうするだろう、と。
きっと自分は——。
あの最初にミアを抱いた時と同じように、飢えたようにミアの体を——あの可愛らしい乳房と固い膣を盛った犬のように求め、彼女を痛がらせてしまうだろう。そして、他愛のない愛の言葉を交わしあい、今の妄想よりも意味のない、未来の夢を語るのだろう。
そして——何度も、何度も、自分はミアに精を放つのだろう。

キャシアスの、疲労と絶望が老人のようにした顔だちに、小さく笑みが浮かんだ。

その、絶望の中に漂う妄想は——キャシアスの心を、一時だけ、支配していた。

その中のミアは——キャシアスが焦がれているミアは、信じられないほど、女、だった。

はしたない妄想の中で、ミアを一時、弄んで——。

夢のような、二人だけの空間で、思うさま彼女の体を貪り、楽しんで——。


——キャシアスは、いつの間にか眠りに落ちていた。

＊

ザーラーヴァ（ザグレブの帝国読み）のアナトリア軍団は、払暁《ふつぎょう》を迎えつつある薄闇の中で、たとえ神でも救いようのない大混乱に陥っていた。

「——ひっ……‼　ひ、ひいいいいいいいいっっっ………‼」

分厚い絹と織物で編まれた宮殿——帝国軍の天幕の中で、アナトリア軍団の総司令官、大臣《ビン》アーメッドは、小娘のような悲鳴を恐怖に歪んだ口からほとばしらせていた。

「司令、お気を確かに……！」

「誰ぞ、侍医を呼べ……！」

「いったい、何が——う、うわあああっ⁉」

大臣アーメッドの天幕に駆け込んできた帝国軍の衛兵たちは、寝間着を失禁で汚している小男の大臣を助け起こそうとして、ようやく——彼に恐怖をもたらしたものを、見た。

「ひいいい！　た、たすけて！　奴らが、地獄の悪魔が……‼」

大臣アーメッドと、ハレムの寵姫《ちょうき》たちが寝そべっていたはずの純白の敷布の上には——、

「これは、千龍長……⁉」

そこには、ランプの灯に照らされた、ひどく滑稽《こっけい》に見えてしまう人間の首が、ちょこんと置かれていた。敷布を血で汚したその首は、大臣アーメッドの腹心で、親衛歩兵連隊を率いる、怖《おそ》れを知らぬ勇猛さで知られた豪傑のユーリアルド千龍長の首だった。

千龍長の首は、何かの驚愕《きょうがく》に目を見開いたますますっぱりと斬《き》り落とされており——その歯には、何かの豪奢《ごうしゃ》な布きれが咥《くわ》えさせてあった。

よく見れば——その布きれは、完全に恐怖で我を失っている大臣アーメッドの寝間着の、その切り落とされた片方の袖だと解る。しかし——————、

「ば、馬鹿な……⁉」

どのようにして、厳重に警備された大臣の天幕に侵入して袖を切り、しかも——誰にも気づかれずに、豪傑のユーリアルドを討ってその首を切ったのか——どう考えても、人間業ではなかった。

「に、逃げろ……！　やつら、だ！　——『山の長老《アサシン》』が、あの悪魔が……‼」

大臣アーメッドの恐慌は、すぐ他の、役職のためだけに軍隊に参加していた貴族上がりの指揮官たちのあいだに、手の付けられない悪疫のように伝染していった。

そして——大臣アーメッドが、親衛隊を引き連れて勝手に後退したことが——二万のアナトリア軍団を、日が昇るまでに、ただの烏合《うごう》の衆に変えてしまっていた。

そして朝日が昇ると同時に――。

破滅を覚悟していた西欧軍の陣地に、目の前の帝国軍が撤退、いや――潰走状態にあるという、信じられないような報告が届いていた。

ヴェネツィア傭兵軍第十七連隊は、その前哨からの報告に戸惑ったが――すぐさま連隊は、指揮官であるパルヴィス参謀の指揮のもと、混乱の極みにあるアナトリア軍団の背後に襲いかかった。連隊に残っていた最後の軽騎兵と銃兵隊が、帝国軍を追撃――。

数時間の、殺戮《さつりく》にも等しい追撃戦――。

それに参加した第十七連隊の兵も、駆り立てられた帝国軍も――。

これが――。

アイマール帝国の西侵が成功するはずだった、歴史上で最後の機会が永遠に失われた瞬間だとは、誰一人、気づかずにいた。

エピローグ

——1618年　アイマール帝国　帝都コンスタンティノヴァール

――私は――肩を揺すっているファルコの声で、ようやく我に返った。

「……おい、キャス、キャシアス⁉　……どうしたんだ、いったい？」

私が、はっと気がつき、周囲を見回すと――。

そこは、何処《いずこ》でもなく、当然のように私とファルコが訪れた奴隷市場の中庭で、私は豪華な椅子《いす》に身を沈めて、目の前の美しい三人の奴隷少女たちを前にしていた。

「……あ、あれ……？」

私の隣には、心配そうな顔のファルコと、滑稽《こっけい》なほどうろたえてしまっている奴隷商人のパイトーンの姿があった。そう――他の何が、そこにあるだろうか。

（なんだか……　奇妙な気分だ――ひどく疲れたような……）

――この、妙な香りの酒のせいだろうか？　私は何か、寝ぼけた時に見る夢の中から呼び起こされた時のような感覚に捕らわれたまま、ぼうっとした頭を振って、無理に笑った。

「は、はは……　いや、ごめん。ちょっと暑さにやられたのかもな。でも平気だよ」

「ならいいが――ちょっと君には刺激が強すぎたのかと思ったよ」

私の声に、ほっとしたらしいファルコがいつもの軽口を叩《たた》く。私はそれに笑いで答え、

「馬鹿《ばか》いえ――それより………」

私は、グラスの中に残っていたぶどう酒を、ひどく渇いていた喉《のど》に流し込む。

「女の子は、その——これで、全員だったかな……？」

私の声に、太った顔を汗で光らせていたパイトーンが深々とお辞儀する。

「はい、パルヴィス様——今はちょうど、品不足で……　しかし、品質のほうは……」

パイトーンの売り口上を聞き流して、私は、また——少女たちの上に視線を向けた。


銀の髪と紅の瞳、乳のような白い肌を持ったルーマニアの姫君——。

どういう運命に弄ばれたのか、奴隷に落ちた西欧の美しい金髪の娘——。

蜜色の肌と、何かの秘密を隠したような黒い瞳を持った帝国の少女——。


この誰かを私が買ったら、あるいは買わなかったら——。

私と、そして彼女たちの運命はどのように変わり——もしかしたら、変わらないのか。

それを考えようとした私は、また、あの目眩《めまい》のような感覚に落ちそうになる。

「ところで、キャス。どいつを買ってみるか、決まったかい？」

ファルコの声に、私はぎこちなくうなずいてから——言った。


「ああ。もう決めたよ——」

おしまい

あとがき

『奴隷市場』のノベルを読んでくださったみなさん、ありがとうございます。

……と、お礼を申し上げてから気づいたのですが、実は私、この「あとがき」というものを書くのはこれが初めてだったりします。活字という形で自分の作品を世に出すのも、初めて——初めてづくしのおめでたい経験……のはずが、いつもの遅筆にネタ切れと不慣れなノベル世界でのお仕事に手間取って、これが遺作になってしまうのかッ……？

……と、思いこんでしまうほど、今回はテキストの完成が遅れてしまいました……。

この場をお借りして、ご迷惑をおかけした編集部の皆様や関係者各位様、そして何よりこのノベルを楽しみにして下さっていたファンの方々に、お詫び申し上げます。

そして——「あとがき」初体験の私は——何を書いていいのかさんざん悩んだあげく、机の上に（未だに）放り出してある「奴隷市場」の資料や、全然関係ない本をぱらぱらと見つつ、現実逃避しておりました。……ソフト発売元のウィル様からお借りした、美麗なイスタンブールの写真集。古本屋で食費◯ヶ月分を滝涙とともにはたいて買った古銃の資料。師匠から借りっぱなしの詠春拳の本。トルコの旅行ガイド。投稿系のエロ写真雑誌。フィンランド軍の戦闘記録。人様には見せられない趣味の18禁同人誌。数枚のＣＤ……。

……この本たちの仲間に『奴隷市場』が加えてもらえる栄誉に浸りながら——

２００１年４月　菅沼恭司

奴隷市場

2001年5月30日 初版第1刷発行

著　者　菅沼 恭司
原　作　ruf
原　画　由良

発行人　久保田 裕
発行所　株式会社パラダイム
〒166-0011 東京都杉並区梅里2-40-19
ワールドビル202
TEL03-5306-6921 FAX03-5306-6923

装　丁　林 雅之
印　刷　ダイヤモンド・グラフィック社

乱丁・落丁はお取り替えいたします。
定価はカバーに表示してあります。